ALPHAPOLIS
WEB CITY SINCE 2000

異世界召喚されたら無能と言われ追い出されました。1

～この世界は俺にとってイージーモードでした～

ALPHALIGHT

WING

アルファライト文庫

登場人物紹介
フィーネ――●
Cランク冒険者。
晴人に鍛《きた》えてもらうために
同行を願い出る。
アイリス――●
ベルディス王国の王都で
晴人たちと出会った、
明るく快活《かいかつ》な第二王女。
結《ゆう》城《き》晴《はる》人《と》――●
クラスごと勇者召喚《しょうかん》された高校生。
無能だからと追放されたが、神様
からのお詫《わ》びチートで圧倒的な
力を手に入れる。

マリアナ——
晴人たちを召喚した、グリセント王国の第二王女。
アーシャ——
アイリスに付き従《したが》う、彼女の友人兼《けん》メイド。
一《いち》ノ《の》宮《みや》鈴《すず》乃《の》——
晴人のクラスメイトで、学校一の美少女。
天《てん》堂《どう》光《こう》司《じ》——
晴人のクラスメイトで、クラスのリーダー的存在。

第1話　異世界召喚《しょうかん》

春の暖《あたた》かい風が窓《まど》から入り込む教室で、朝のホームルームが始まる。

クラス担任である宇佐美彩香《うさみさやか》先生の挨拶《あいさつ》に、俺――結城晴人《ゆうきはると》は三十九人のクラスメイトと共に挨拶を返す。

今日の予定について板書しながらハキハキと話す宇佐美先生は、いかにも教師らしいのだが……残念なことにというべきか、黒板の上の方に手が届かないために踏《ふ》み台《だい》に乗っている。

宇佐美先生は教員二年目の二十三歳なのだが、身長は百五十センチ弱と、中学一年生くらいだ。かなりの童顔《どうがん》だし、高二の俺たちよりも幼く見える。

その身長や見た目にコンプレックスを抱《いだ》いているそうだが、人当たりもいいので学校内での人気《にんき》は高かった。

「皆さん、今日は文化祭の実行委員を二人決めようと思います」

そんな先生の声に、クラス内が一瞬ざわついた。

何せ、文化祭の実行委員となるとかなり忙しい。拘束《こうそく》されてしまう時間が増えるからと、大体の人がやりたがらないのだ。

当然、俺としても避《さ》けたい役職なので、無関心をアピールするために窓の外を眺《なが》めていた。

大体のクラスメイトが似たような反応だったため、先生は少し困ったような表情で問いかけてくる。

「誰《だれ》かやってくれる人はいますか？」

その言葉に、三人の男子が挙手《きょしゅ》して声を上げた。

「俺は晴人君を推薦《すいせん》しまーす！」

「僕も晴人君がいいと思いまーす！」

「僕もでーす！」

こちらを振り向く三人の顔には、ニヤニヤとした笑《え》みが浮かんでいた。

三人の名前は御剣健人《みつるぎけんと》、駿河隼人《するがはやと》、松葉亮《まつばりょう》。

この三人は、俺に対してことあるごとにイジメじみた嫌《いや》がらせをしてくるのだ。

と言っても、クラスのリーダー的存在である天堂光司《てんどうこうじ》や彼の幼馴染《おさななじみ》たち数人が、何かがある度《たび》に気にかけて俺に話しかけてくれる。

そのため、むしろ御剣たち三人の方がクラスから浮いているのだが……それでもあいつらは俺にちょっかいを出してきていた。

「……そう言っている人がいますが、結城君はどうですか？」

俺が嫌がらせを受けていることに薄々《うすうす》気付いているのか、先生は心配そうに聞いてきた。

俺は先生に答える前に、御剣たちに向かって問いかける。

「なんで俺が？　お前ら三人のうちの誰か二人がやればいいだろ？」

しかしその言葉に、御剣が偉《えら》そうに問い返してきた。

「はぁ？　なんで俺たちがやらないといけないんだ？」

そんな態度を見て、こいつらには何を言っても無駄だと判断した俺は、ため息をつきながら先生へと向き直る。

「はぁ……分かりました。自分がやります」

「本当に大丈夫なのですか？　もしやりたくないのなら他の人が……」

心配そうな様子でそう聞いてくる先生に余計な心配をかけまいと、俺は軽く微笑《ほほえ》みながら首を振った。

「大丈夫ですよ」

ちらりと見てみれば、俺に厄介事《やっかいごと》を押しつけることができてよほど嬉《うれ》しかったのか、御剣たちはさっきよりもいっそうニヤニヤしている。

そしてまた天堂がいつものように三人に何かを言おうとした瞬間、別のクラスメイト――一ノ宮鈴乃《いちのみやすずの》さんが挙手した。

「先生、私も実行委員をやります」

そんな一ノ宮さんを見て、先生は納得したように頷《うなず》いた。

それもそのはず、一ノ宮さんは美人な上に成績優秀《ゆうしゅう》、品行方正《ひんこうほうせい》で先生たちからの信頼も厚《あつ》い。天堂の幼馴染の一人でもあり、クラスの中心人物だ。それもあって、クラス一……いや、学校一の人気者だった。

まさか一ノ宮さんがそんなことを言い出すとは思っていなかったのか、御剣たち三人がこちらを睨《にら》みつけてくる。まるで「代われよ」とでも言いたげな表情だが……押しつけてきたのはお前らだからな？

先生はそんな御剣たちの視線に気付かず、一ノ宮さんに改めて確認を取るように問いかける。

「一ノ宮さんがそう言ってくれるのはとても嬉しいですけど、本当に大丈夫ですか？」

「はい。一度やってみたかったんです」

一ノ宮さんはそう言って柔《やわ》らかい微笑みを浮かべた。

「分かりました。では決まりですね」

納得した先生は、黒板に俺と一ノ宮さんの名前を並べて書く。

なんか御剣たち以外の男子連中からも睨まれてる気が……

これはまためんどくさいことになりそうだな、なんて思いながら内心でため息をつく。

まあでもせっかくの機会だし、一ノ宮さんも一緒だからなんとかなる気がする。

何事も経験って言うしな。

そんなことを考えていると、いきなり教室の床が輝き始めた。

突然の事態に、動くこともできない。

「な、なんだ⁉」

誰かがそう声を上げた瞬間、幾何学模様《きかがくもよう》が組み合わされた、いかにもアニメなんかに出てきそうな魔法陣っぽい形の光が、床に浮かび上がる。

そして一瞬で視界が切り替わり――俺たちは見覚えのない大部屋に立たされていた。

「……え？」

その声が誰のものかは分からなかったが、クラスメイト全員の心を代弁したものであることには違いなかった。

いつもの見慣れた教室で自分の席に座っていたはずが、どことも全く分からない場所に立っている。

歴史の教科書の中世ヨーロッパのページで見たような、石造《いしづく》りの壁《かべ》や床に、シンプルな調度品。

床にはさっきの魔法陣と同じような模様が光っている。

そして目の前には、三メートルは優《ゆう》に超《こ》えるであろう大きさの、これまた石造りの扉があった。

見渡す限り、この部屋にいるのは先生とクラスメイトだけ。俺たち以外は誰もいない。

何が起きているのか全く分からず、誰も何も言えずにいたが、すぐに大きな扉が開いた。

開け放たれた扉の向こうにいたのは、俺たちと同年代くらいの、白いドレスに身を包んだ美少女。そして鎧《よろい》を着た、いかにも騎士《きし》っぽい男が六人。白い服の少女を守る感じで立ってるから、あの少女は身分が高いのだろう。

彼女たちは部屋の中へと入ってくると、俺たちの前で立ち止まる。

そして少女は一歩前に出て、ドレスの裾《すそ》をつまみ優雅《ゆうが》に一礼してから口を開いた。

「よくぞ召喚に応じてくださいました、『勇者様』」

顔を上げてニッコリと笑う少女を見て、男子の何人かが頬《ほお》を紅潮《こうちょう》させる。

一方で俺は、彼女の言った『勇者様』という言葉や現代ではめったに見ない騎士っぽい男たちの鎧、そして中世ヨーロッパ風の部屋の造《つく》りから、とある予想を立てていた。

――これっていわゆる『異世界召喚』ってやつじゃね……と。

いきなり光に包まれて知らない場所にいるとか、勇者と呼ばれるとか、最近よく見る異世界モノのアニメやマンガのテンプレシチュエーションそのままだ。

もっとも、まさか自分が実際に体験することになるとは思っていなかったが。

どうしたものかと考えながら周囲を観察していると、白いドレスの少女が一つ咳払《せきばら》いをする。

彼女は俺たちの顔をゆっくり見回してから話し始めた。

「初めまして。私はこのグリセント王国の第一王女、マリアナ・フォーラ・グリセントと申します。ここは勇者様方が元々いらっしゃった世界とは違う世界、アーシラトと呼ばれるところです。そして、これから勇者様方には父上……いえ、国王陛下と謁見《えっけん》していただきます」

マリアナが一気にそう言うと、ようやくここが地球でないことに気付いたクラスメイトたちが騒《さわ》ぎ始める。

「ふざけんじゃねーよ！」

「俺たちを元の世界に戻せ！」

それ以外にも様々な暴言《ぼうげん》がマリアナへと飛ばされる中、天堂が皆を制止する声を上げた。

「皆、一度落ち着こう！　今はそんなことを言っている場合じゃない。まず、この状況を整理しなければいけないだろう。話はそれからだ！」

皆は静まり返り、天堂の言葉の続きを待つ。

「お姫様が言っていることが本当なら、僕たちが今いるのは地球じゃない『異世界』だ。まずは王様に謁見して、話を聞くべきじゃないか？」

天堂がそう言うと、皆は顔を見合わせながらも沈黙《ちんもく》する。

しかし数十秒後には、数人が賛同し始めた。

「その案には俺も賛成だ」

「私も賛成」

「私も！」

「俺もだ」

そしてあっという間にクラスメイトの大半が同意を示すことになった。

先生はといえば、いまいち状況に付いていけない様子でずっとオロオロしていたのだが、女子たちに説明を受けて天堂に従《したが》うことにしたようだった。

「皆様、よろしいでしょうか……それでは私に付いてきてください。これより謁見の間へとご案内いたします」

俺たちの意見がまとまったのを確認したマリアナは、そう言って部屋から出ていく。

騎士がそれに続き、俺たちも天堂を先頭にして、謁見の間へと向かうのだった。

第2話　ステータス、そして追放

少し歩いて謁見の間へと辿《たど》り着《つ》く。

扉はかなり豪華《ごうか》で、まさに謁見の間にふさわしいものに思えた。

「さて……先ほども申し上げましたが、勇者様方にはこれから国王陛下と謁見していただきます。陛下の近くまで行きましたら、片膝《かたひざ》を突き頭を下げるようお願いいたします」

「はい。分かりました」

天堂の返事に続いて、俺たち全員も頷く。

そしてマリアナが、目の前の大きな扉を数回ノックした。

「陛下、勇者様方をお連《つ》れしました」

そのよく通る声に応え、扉の向こうから「入れ」と返ってくる。

同時に扉が開き、マリアナを先頭にして俺たちは謁見の間へと進んだ。

先ほどの部屋とは比べ物にならないほど広く、左右の壁際《かべぎわ》には騎士が控《ひか》えている。奥の方には玉座《ぎょくざ》らしき豪奢《ごうしゃ》な椅子《いす》があって、五十代後半くらいのおっさんが座っていた。

……いや、『おっさん』は失礼か。あそこに座ってるってことは王様なんだろうし。

マリアナはある程度進んだところで立ち止まると、片膝を突いて頭を下げる。

俺たちも、作法に慣れないせいで若干遅《じゃっかんおく》れつつも、マリアナの後ろで同様の姿勢をとった。

「面《おもて》を上げよ」

言われた通り顔を上げれば、王様が真剣な表情で俺たちを見下《みお》ろしていた。

「よくぞ我《わ》が召喚に応えてくれた、勇者たちよ。私がこの国の国王、ゲイル・フォーラ・グリセントだ。そなたらに頼《たの》みがあり、召喚させてもらったのだ」

この王様の物言い、完全にテンプレだ。

ということは、その『頼み』とやらもテンプレ通りに『魔王を倒してくれ』とかなんだろうな。

「今この世界では、魔族を率《ひき》いて我々人間の国家を侵略《しんりゃく》する者――魔王が現れ、人々の生活が脅《おびや》かされている。そこでそなたらには、魔王の討伐《とうばつ》をしてほしいのだ。もちろん訓練はしてもらうが、その後は迷宮攻略で力をつけ、魔王と戦ってほしい……頼まれてくれんだろうか」

ほーら、やっぱりそうだ。

勝手な都合で召喚されたことにうんざりしていると、天堂の幼馴染、折原翔也《おりはらしょうや》が声を上げた。

「王様、返事をする前に、一つお聞きしたいことがあります」

「どうした?」

「俺たちは、元の世界に戻れるのでしょうか?」

そんな折原の言葉に、俺たちは国王をじっと見つめる。

戻れるかどうか、それは非常に大切な問題だし、当然全員が戻りたいと考えているはず。

しかし国王は、申し訳なさそうな表情で口を開く。

「……すまないが、今は戻る手段はないのだ」

「どういうことです？」

少し冷静さを欠《か》いたような折原の声に、国王は「うむ」と頷いて言葉を続けた。

「魔王を倒すと、元の世界に戻るための手段が神託《しんたく》によって得られるという伝説があるのだ。もっとも、それが具体的にどのような方法かは分からんが……」

なんか胡散臭《うさんくさ》くないか？

こう言っときながら、本当は帰る手段はどこにも存在しない、なんてのもテンプレだ。

その場合は、魔王を倒した後で厄介払《やっかいばら》いとして殺されるか、あるいは「帰る方法が見つかったから教えてほしければ言うことを聞け」とか言って都合のいいように使われることになる。

もちろん、本当に帰れる可能性もあるが……それにしたって、今すぐ帰れないとなると、ほぼ強制的に魔王討伐に参加しないといけないということだ。

それを理解しているのだろう、クラスメイトのうちの一人が声を荒《あら》らげた。

「ふざけんじゃねーよ！　勝手に召喚した挙句《あげく》、戦えって言うのかよ！」

そしてその声に続いて、皆が続々と声を上げる。

「そうだそうだ！」

「勝手なこと言ってんじゃねえよ！」

「自分の世界のことなんだから自分たちでなんとかしろよ！」

「他の世界の人を巻き込むな！」

「俺たちの日常を返せ！」

そうやって段々と騒がしくなっていく中、天堂が制するような大声を上げた。

「皆、少し僕の話を聞いてくれ！」

謁見の間は一瞬で静まり返り、全員が天堂に顔を向けた。

俺は天堂が何を言おうとしているのか察して、眉《まゆ》をひそめる。

大方、王様の言うことに従って魔王を倒そうとか言い出すのだろう。

天堂は本当にいい奴で、困っている人を放っておけない性分《しょうぶん》だ。だからこそクラスの皆に慕《した》われているし、先生からも評価が高い。カリスマみたいなものもある。

御剣たちの俺に対する嫌がらせがエスカレートしていないのも、天堂のお陰《かげ》が大きいだろう。

ただ正直《しょうじき》なところ……普段助けられているからあまり悪く言いたくはないが、天堂にはお人好《ひとよ》しすぎる面もあった。

こんな胡散臭い『頼みごと』なんて、少し考えれば受け入れるべきではない。

俺は天堂が言葉を続ける前に制止しようとするが――

「僕はこの世界の人たちのために魔王と戦おうと思う」

間に合わなかった。

ああくそ、やっぱり思った通りのことを言いやがった。

もっと慎重《しんちょう》に考えるべきなのに……なんて思っているうちに、天堂は言葉を続ける。

「それで一人でも多くの人を救えるのなら僕は戦う。僕たちが勇者だというのなら、戦う力があるはずだ。皆、僕と一緒に戦ってくれないか！　もちろん自分勝手だって分かってるけど、どうか頼む！」

天堂がそう言って頭を下げると、彼の幼馴染の一人、最上慎弥《もがみしんや》が口を開く。

「お前はいつもそうやって人のために動くよな。いいぜ、付き合ってやるよ」

脳筋《のうきん》な最上のことだから予想していたが、俺は「お前もか……」と小さく呟《つぶや》き頭を抱《かか》えた。

しかし一人が同意したことで、全員が続々と同意の声を上げていく。

「行くなら俺も行くぜ！」

「私も一緒に戦うわ！」

「先生も賛成です！」

クラスメイトどころか先生までそう言っている以上、この決定は覆《くつがえ》らないだろうな。

この雰囲気《ふんいき》の中で反対の声を上げるほどの度胸《どきょう》も、また反対するだけの根拠《こんきょ》もなかったため、俺は黙《だま》ったまま一応の同意を示す。

国王が小さく笑っているのが見えたが……それが純粋《じゅんすい》な喜びの笑みなのか腹黒いことを考えている笑みなのか、判別はつかなかった。

しばらくして皆が落ち着いた頃、国王は立ち上がって口を開いた。

「協力感謝する。それではこれから、所有するギフトの確認を一人ずつ行ってもらおう……マリアナよ、私はまだ公務が残っているので後は任《まか》せたぞ」

「分かりました」

そう言い残して謁見の間を後にする国王とそれを見送るマリアナの背中を見ながら、俺は聞きなれない『ギフト』という言葉に首を傾《かし》げる。

周りを見れば、皆同じ疑問を抱いているようで不思議そうな表情を浮かべていたが、こちらに向き直ったマリアナが説明を始めた。

「これから勇者様方のステータスとギフトの確認をいたします。ギフトとは、異世界からこの世界に召喚される際に、神様から与えられるものです。そしてそのギフトを持っていることこそが、勇者である証《あかし》だと、古くからの文献《ぶんけん》によって伝えられております」

そう説明する間に、騎士たちがマリアナのそばに机と水晶玉を持ってきて、何かの準備を進める。

マリアナはそれを確認したところで、再び口を開いた。

「こちらにある水晶玉はステータスを確認するためのものです。一人一人、順番に手をかざしてください。水晶玉で一度確認した後は、『ステータス』と念じればいつでも確認することが可能です……最初はどなたがやりますか？」

マリアナの説明を受けて、天堂が一歩前に出る。

「僕が最初にやります」

「分かりました。ではこちらへどうぞ」

天堂はマリアナの言葉に従って、机の上の水晶玉に手を載《の》せる。

すると次の瞬間、天堂の目の前にゲームっぽいステータス画面が表示された。ある程度の大きさがあるから、この距離《きょり》からでも確認できるな。

名前　：天堂光司
レベル：1
年齢　：17
種族　：人間（異世界人）
ギフト：聖剣使《せいけん》い
（全ての聖剣を扱《あつか》えるようになる。剣術、光魔法のレベルが上がりやすくなる）

スキル：剣術Lv1　火魔法Lv1　水魔法Lv1　風魔法Lv1　地魔法Lv1　光魔法Lv1
成長　鑑定《かんてい》　言語理解
称号：異世界人　勇者

そのステータスを見て、マリアナや騎士たちが驚《おどろ》きの声を上げる。

「レベル1でこれほどとは」

そんなとある騎士の言葉に、これが強いかどうかも分からない俺たちは首を傾げる。

すると騎士の中でも一番豪華な甲冑《かっちゅう》を着た騎士がこちらを向いて言った。

「通常、レベル1のステータスではこれほど強くありません。属性魔法は一人一つが普通で、稀《まれ》に二つ持っている者がいるくらいです。ごくごく稀《まれ》に、三つ持つ者が現れますが、最強と呼ぶにふさわしい実力者に成長するほどのポテンシャルを秘めているとされます……つまり彼は非常に優秀なステータスということです」

そう前置きしてから、ステータスの内容について簡単に説明をしてくれた。

『レベル』とは、どれだけの経験を積《つ》んでいるのかを数値化したもので、数字が上がれば上がるほど身体能力が上がり、強力なスキルを覚えられるようになる。また、体内の魔力量も増加するそうだ。

『ギフト』とは、さっきのマリアナの説明にあったように、勇者のみが持つ力。

『スキル』とは、武器術や魔法など戦闘用の技術から鑑定や言語理解といった技能まで、ステータスの持ち主が使えるさまざまな能力のこと。これは成長するうちに多くの種類が身に付くそうだ。また、レベル表記のあるスキルは、レベルが上がるごとに強力になるらしく、最高値は10。

特に火や水といった属性魔法は、誰でも何かしらは使えるらしい。

また他にも、天堂は持っていないが『ユニークスキル』というものもあるとのこと。どのスキルにも該当《がいとう》せず非常に強力で、習得は困難なんだとか。

最後に『称号』だが……これは単に、肩書みたいなものらしいな。

一通り説明を受けた俺たちは、次々にステータスを確認していく。

俺はあまり乗り気ではなかったので、最後にやることにして様子を見ていた。

先生も含めた全員が、それぞれのギフトに鑑定と言語理解のスキルを持っていて、さらに各々《おのおの》で複数の属性魔法やスキルを所持《しょじ》しているらしい。ちなみに鑑定とは、対象の情報を見るためのスキルだ。

そうして順番がきて、俺も皆と同じように水晶玉に手を載せた。

次の瞬間、近くにいた騎士が驚愕《きょうがく》の声を上げる。

「こ、これは！」

「何事ですか……えっ⁉」

マリアナも同様に、驚きの声を上げる。

その理由は、表示されている俺のステータスにあった。

「召喚された方ならば必ず持っているはずのギフトがありません……それに、称号にも勇者の表記がないではありませんか！」

マリアナの言う通り、俺のステータスは次のようなものだった。

名前　：結城晴人
レベル：1
年齢　：17
種族　：人間（異世界人）
スキル：鑑定　言語理解
称号　：異世界人

ギフトや勇者の称号どころか、属性魔法の一つすらない。

あるのは鑑定と言語理解のスキルのみだった。

「いったいなぜ……いえ、とにかく私は父上に、ユウキ様のことを報告してきます。勇者様方はこちらで少々お待ちください」

そう言ってマリアナが出ていくと、御剣たち三人がニヤつきながら近付いてきた。

「おいおい、とんだ無能じゃないか」

「そうだな、無能は出ていけ！」

「ホントだぜ、そんなステータスで何ができるってんだ？」

またか……とうんざりしていると、一ノ宮さんがこちらに向かってきて、御剣たちを責《せ》めるように睨みつける。

「そんな風に言うのはよくないと思いませんか？」

しかし御剣たちは相変《あいか》わらずヘラヘラしながら、平然と言い放った。

「一ノ宮さん、そんな無能と一緒にいない方がいいよ」

「ああ、そうだよな」

「そうだ一ノ宮さん、こんな無能は放っておいて、俺たちと一緒に来なよ」

そんな三人の言葉に、一ノ宮さんは目尻《めじり》に涙を溜《た》めながら、泣き叫ぶように言った。

「なぜそんなひどいことが言えるんですか⁉　クラスメイトじゃないですか！」

その大声に、遠くで談笑《だんしょう》していた天堂たちも騒ぎに気付いたようだ。

しかし御剣たち三人は、肩をすくめるだけだった。

「そんなこと言っても実際に無能だし……」

「別に変なこと言ってないよな？」

「だよな」

一ノ宮さんは全く態度を改めない三人から顔を背《そむ》けると、俺に頭を下げてきた。

「晴人君ごめんなさい。いつも止められなくて……」

「頭を上げてくれ。そんなの一ノ宮さんが気にすることじゃない」

「で、でもそれじゃ晴人君が……」

一ノ宮さんは申し訳なさそうな顔をしているが、俺としてはそこまで気にしていない。いちいち絡《から》まれるのはめんどくさいが、構っても喜ぶだけだろう。結局のところ、気にしないのが一番なのだ。

するとちょうどその時、マリアナが謁見の間へと戻ってきた。

彼女はそのまままっすぐ俺のところにやってくる。

「ユウキ様、すみませんが、これからのことについて別室にてお話をしたいのですが、付いてきていただけますでしょうか？　……他の皆様は、もう少々お待ちください」

なんとなく何を言われるかは予想できるが、頷く以外の選択肢《せんたくし》はない。

「分かりました」

「晴人君……」

一ノ宮さんが不安げに俺の名前を呼ぶ。クラスメイトの方に目を向ければ、天堂も心配そうにこちらを見ていた。

俺は一ノ宮さんに、安心させるように優《やさ》しく言う。

「大丈夫。なんとかするよ」

「……うん」

「多分俺は追い出されるだろうけど……いずれどこかでまた会おう」

俺は一ノ宮さんの消え入りそうな細い声にそう返すと、マリアナに続いて謁見の間を後にした。


そして別室にて──


「──と、いうことです」

俺はマリアナから、予想していた通りのことを言われていた。

「分かりました。要するに、勇者の集団の中に、ギフトも称号もない無能な奴がいると困るから出ていけ……そういうことですね？」

まあ、彼女の言うことも分からないではない。

俺としても、皆の足手纏《あしでまと》いになってまで一緒に行動しようとは思わないからな。

それに、せっかくなら一人で異世界を見て回りたいというのもある。

そんなわけで、俺は言われた通りにすることにした。

「話が早くて助かります、申し訳ございません……餞別《せんべつ》としていくらかお渡しいたします。

普通に暮《く》らしていれば三ヵ月は生活できるはずです」

マリアナはそう言って、革袋を渡してきた。

中に入っていたのは、金貨が三枚と銀貨が数枚。

物価が分からないから、本当に三ヵ月もつかどうかは不明だが……金を貰《もら》えるだけマシか。

「それと、長く城下町にいられては他の勇者様と顔を合わせる可能性がございますので、城下町で装備《そうび》を整《ととの》え次第、ワークスという隣《となり》の街へと移っていただきたいのです。そこで普通に働くなり、魔物の駆除《くじょ》や運搬《うんぱん》、護衛《ごえい》といった依頼を受ける者――冒険者になるなり、好きに生きてください」

「……分かりました。皆には、俺が出ていったことを伝えておいてください」

まあ、どうせそのうち旅に出るつもりではいたんだ、それが少し早まったと思えばいいか。

それに冒険者になるってのも面白《おもしろ》そうだ。今は無能なステータスだけど、レベルを上げれば成長する可能性もあるし、いつか皆に追いつくかもしれないからな。

俺の言葉に、マリアナはにっこりと微笑む。

「はい。それではお元気で。神のご加護があらんことを」

そうして俺は騎士に見送られ、今までいた建物――王城を後にするのだった。

外から見た王城はなかなか立派で、城下町も結構賑《にぎ》わっていた。

見送ってくれた騎士によると、一番近い街は、この王都近くの森を抜けてすぐのところにあるらしい。森自体も半日かからず抜けられるという話だったので、軽く装備を整えて出発することにした。

とりあえず制服だと目立つので、城門近くの武器屋兼防具屋で、冒険者っぽい装備一式と、黒いマント、それから鉄製の剣《けん》を買う。

剣なんか使ったことはないが、ないよりはマシだ。

買い物ついでに城下町を少し歩くと、大体の物価や貨幣《かへい》価値が分かってきた。

金の単位はゴールド。おおよそだが、一ゴールド＝一円と考えてよさそうだ。

銅貨、大銅貨、銀貨、大銀貨、金貨、大金貨とあり、それぞれ、十ゴールド、百ゴールド、千ゴールド、一万ゴールド、十万ゴールド、百万ゴールドくらい。

大金貨の上にも白金貨、黒金貨とあるらしいが……そうそう見ることはないだろう。

マリアナから貰ったのは金貨三枚と銀貨数枚、計三十万円くらいだった。

宿代とかを考えるとギリギリな生活になりそうだが、冒険者として活動すれば、なんとかなるんだろうか。

俺はそんなことを考えながら王都を出て、森へと向かうのだった。

森の入り口に入る頃には、太陽は真上にあった。この分なら、日が落ちる前には街に辿り着くだろう。

しばらく森の中の道を進んでいると、後ろの方から馬の駆《か》ける音が聞こえてきた。

振り返ると、馬に乗った騎士が三人、こちらへと向かってきている。

彼らはあっという間に俺に追いつくと、下馬して話しかけてきた。

「ユウキ様、ようやく追いつきました。勇者の皆さんには、ユウキ様は一人旅立たれたとしっかりお伝えしましたのでご安心ください」

「そうですか……わざわざその報告をしにここまで？」

俺の問いかけに、騎士はニヤリと笑みを浮かべながら、腰に提《さ》げた剣を抜いてこちらに向けてくる。

「いえ――つまりこういうことです。陛下と姫様からのご命令ですので、悪く思わないでくださいね？」

おいおい、『旅立つ』ってそういう意味か？

「結局はこうなるのかよ！　クソがッ！」

俺はそう言って腰の剣に手を伸《の》ばすが、騎士の方が速い。

次の瞬間には、俺の胸には剣が刺さっていた。

「ゴフッ……」

剣を抜かれることで口から血が零《こぼ》れ、そのままうつ伏《ぶ》せに地面に倒れ込んでしまう。

胸の傷口が燃えるように熱くなるのに反して、全身が冷たくなっていくのも感じる。

意識が遠のいていく中、俺は力を振り絞《しぼ》って言葉を放つ。

「ぐっ……お、お前ら、覚えてやがれっ！　いつか、いつか必ず、殺してや、る……」

もはや喋《しゃべ》る力もなく、ただ倒れ伏すだけとなった俺の耳に、騎士たちの会話が入ってきた。

「さて、とりあえず始末したら持ってる金は貰っていいって話だったが……」

「おお、めっちゃあるじゃないか。今夜は宴会《えんかい》だな！」

「違いない！　ハハハっ」

クソ、なけなしの金を持っていきやがって……

と、一人がふと気づいたように言う。

「こいつまだ生きているのか？」

「ん？　確認するか。どれ」

また別の一人が、そう言って俺の体を足蹴《あしげ》にして仰向《あおむ》けにさせた。

俺はすでに痛みすら感じておらず、霞《かす》んでいく視界の中、騎士たちを睨みつける。

しかし俺を足蹴にした騎士は、鼻で笑いながら言葉を投げかけてきた。

「フン、そんな目をしても無駄だ。お前はもはや虫の息だ、わざわざトドメを刺してやらなくても直《じき》に死ぬ」

他の二人の騎士も頷く。

「それもそうだな。もう動く力も助けを呼ぶ力もない」

「だな。ここに来るまで人は見かけなかったし、このまま放置してても誰かが通りかかる前に血の臭いに誘われてきた魔物にでも食われるだろうさ」

そんな言葉に憤《いきどお》りを感じながらも、俺の意識はそこでブラックアウトする。

——そして俺は、気が付くと真っ白な空間に立っていた。

第3話　新しい力

「ここは……？」

全く見覚えのない景色が目に飛び込んできて、俺は疑問に思いながら周囲を見回す。

辺りは真っ白で、何もない空間がどこまでも続いていて果てが見えなかった。

「おっほっほ、ここは神界じゃよ。ワシがここにお主を呼んだんじゃ」

急に背後から聞こえた声に振り向けば、そこには立派な髭《ひげ》を生《は》やした一人の老人が立っていた。

「……どういうことだ？　俺は森で騎士のクズどもに襲《おそ》われて死んだはずじゃ？　それにアンタは誰だ？」

「そのことか。お主はまだ生きておるよ。騎士たちが去った後、死ぬ前にここに呼んでワシが治《なお》したのじゃ……ああ、それとワシは神じゃよ」

は？　神様？　と疑問に思うが、確かに胸に傷はないし服の穴も塞《ふさ》がっている。

神様は不思議に思っている俺を気にした様子もなく言葉を続ける。

「実はの、お主が殺されかけた原因、つまりギフトを持っておらず無能扱いされることになったのは、ワシがギフトをつけ忘れたからなのじゃ。その詫《わ》びとして、望むスキルを渡すために、死ぬ直前のお主を連れてきたのじゃよ……もっとも、スキルを得ることが吉と出るか凶《きょう》と出るかはお主次第じゃが」

望むスキルを貰えるのは嬉しいが、疑問があるな。

「なんでそこまでしてくれる？　俺は何かをさせられるのか？」

「理由は今言った通りじゃし、お主はこの世界を好きに生きてよい。ワシには元々、お主を縛《しば》る権利などないのじゃ」

神様の言葉に、俺は少し考えてから納得する。

「ふむ……分かった」

「よし。それではこれからは好きにするがよい。復讐《ふくしゅう》するのも幸せに暮らすのも自由じゃ」

「復讐、か……そうだな、俺を殺そうと企《たくら》んだ奴らはこの手で必ず殺す。これは絶対だ」

「うむ、ワシからの忠告は、快楽殺人鬼や世界の破壊者だけにはなるな、といったくらいじゃ。後者の場合、最悪は魔神となるからのう……さて、さっそくじゃがお主を元いた場所に戻す。その際に、望むスキルを強く願うのじゃ」

なんだかトントン拍子《ひょうし》に話が進むが、戻る前に聞いておかなければならないことがある。

「最後に聞きたいことがあるんだが」

神様の「どうした？」という問いかけに、俺は言葉を続ける。

「――元の世界には帰れるのか？」

そう、今もっとも聞きたいのはこれだ。

王は『魔王を倒せば』と言っていたが、正直信用できない。

神様なら知っているだろうかと、わずかな希望を込めて聞いたのだが――

「帰還《きかん》か……残念ながら難《むずか》しいのう。戻っていった者がいないでもないのじゃが、詳《くわ》しくは分からんのじゃ。そもそも異世界からの勇者召喚の魔法は禁忌《きんき》で、それ故にワシもそこまで干渉《かんしょう》できん。神といっても、全てを管理、把握《はあく》しているわけではないからのう……すまぬな」

そんな答えが返ってきた。

「……まあ、不可能じゃないって分かっただけでもありがたいか。それなら自分で探《さが》してみるさ」

「本当にすまんのう……お主が幸運に過ごせることを祈っておるよ」

「ありがとう」

そんなやり取りの直後、急に視界が歪《ゆが》んでいき、そのまま真っ暗になった。

体は動かず、声も出ない。

俺は神様に言われた通り、能力を強く願う。

――守られてばかりではなく、大切な人を守るために、そしていつか地球に帰るために、必要な力を得られる能力を！

《ユニークスキル〈万能創造《ばんのうそうぞう》〉を獲得《かくとく》しました》

――善も悪も、全てを見通す最強の眼を！

《ユニークスキル〈神眼《ゴッドアイ》〉を獲得しました》

――悪意には悪意を、善意には善意を返す。今立てたこの誓《ちか》いを守るための力を！

《ユニークスキル〈スキルＭＡＸ成長〉と〈取得経験値増大〉を獲得しました》

俺の願いに応えるようにどこからか流れてくる無機質な声。

それを最後まで聞き届けた俺は、再び意識を失うのだった。

目を開くと、元いた森の中だった。

少しぼーっとするが、動くのに問題はない。

「とりあえず……ステータスでも確認するか」

あの無機質な声が言っていた通りのスキルが手に入っているなら、相当ヤバい気がする。

少しドキドキしながら、「ステータス」と声に出して表示した。

名前　：結城晴人
レベル：1
年齢　：17
種族　：人間（異世界人）
ユニークスキル：万能創造　神眼《ゴッドアイ》　スキルMAX成長　取得経験値増大
スキル：言語理解
称号　：異世界人　ユニークスキルの使い手

な、なんだこれ、凄《すご》いことになってるぞ……ユニークスキルが四個とか、クラスメイトの勇者連中よりよっぽどチートじゃねえか！

俺はそう驚きながら、それぞれのスキルについて鑑定スキル……がどうやら神眼《ゴッドアイ》に統合されているようなので、それを使って確認していく。


〈万能創造〉

魔力を消費することで、魔法も含め、ありとあらゆるスキルを創造することができる。

ただし、ユニークスキルやギフトの類《たぐい》は創造できない。

〈神眼《ゴッドアイ》〉

万物を見通す眼。あらゆるものを鑑定し、情報を得ることができる。

また、マップ機能や嘘《うそ》を見抜く能力も付随《ふずい》する。

〈スキルMAX成長〉

獲得したスキルのレベルが最大になる。

〈取得経験値増大〉

取得経験値が倍増する。


スキルの詳細を見た俺は絶句《ぜっく》する。

「ま、まじか……」

それしか言うことができなかった。

確かに色々と願ったが、それにしたって強力すぎる。

万能創造でスキルが創《つく》れるというのは、もはやなんでもアリ状態だ。

神眼《ゴッドアイ》で確認できるマップも、ただ地形が見られるだけじゃなくて人や魔物の居場所も分かるみたいだし、ゲームのようなモンである。

まぁどれも、あって困る能力ではないし、さっそく万能創造で色々創っていくか。

……というわけで、作ったのがこちら。


〈並列思考〉

並列思考が可能になる。うまく使えば複数のスキルを同時に使用できる。

〈武術統合〉

武術系統合スキル。武術系スキルはここに統合される。現在取得しているのは以下。

剣術、槍術《そうじゅつ》、盾術、弓術《きゅうじゅつ》、斧術、格闘術、縮地《しゅくち》、気配察知、威圧《いあつ》
〈魔法統合〉

魔法系統合スキル。魔法系スキルはここに統合される。現在取得しているのは以下。

火魔法、水魔法、風魔法、土魔法、雷魔法、氷魔法、光魔法、闇魔法《やみまほう》、回復魔法、時空魔法、無詠唱《むえいしょう》、身体強化

思いつく限り作ってみたら、自動的に統合スキルが作られて、武術系と魔法系で分けられた。

やりすぎた感はあるけど、まあこんなもんかな。

「さて、これからどうするか……と、その前に」

俺は一度目を瞑《つむ》り、この世界で生きていくにあたっての決意を口にする。

「この世界で生きるために、俺は俺から何かを奪《うば》う奴を決して許さない。敵意には敵意を。殺意には殺意を。理不尽《りふじん》には理不尽を。地球に、日本に帰るためには俺は自重《じちょう》しない」

わざわざ口にしたのは、この決意を信念として、忘れないようにするためだ。

そもそも俺が殺されかけたのは、警戒《けいかい》心の低さと、この世界での命に対する認識の甘さに原因がある。

色々と疑《うたが》ってはいたが、まさかこうもあっさりと命を奪いに来るとは思っていなかった。

だが、ああして死にかけた以上、認識を改めるしかない。

この世界《アーシラト》では、人の命は軽いのだ。

常に警戒を緩《ゆる》めず、命のやり取りの際には躊躇《ためら》わない。

そうでなければ『死』に直結するだろう。

だからこそ、敵に容赦《ようしゃ》せず、殺しも躊躇わないのだと決意した。

まずは俺を召喚しておきながら殺そうとした国王とマリアナ――いや、国そのものに復讐を果たす。

もちろん、帰る方法を探しつつになるのだが……

などと考えていると、目の前の茂《しげ》みから狼《おおかみ》の魔物が出てきた。

俺を刺した騎士たちが言っていた通り、血の臭いに引き寄せられたのだろう……何が『簡単に抜けられる』だ、この森のことを教えてくれた騎士にも騙《だま》されてたのか。

俺は冷静に、目の前の狼に対して神眼《ゴッドアイ》を発動する。

名前　：グレイウルフ
レベル：20
スキル：気配察知　身体強化Lv2

レベルは20と格上だが、たいしたスキルは持っていない。

俺は飛びかかってきたグレイウルフに、身体強化スキルで身体能力を上げてから、格闘術スキルで回し蹴《げ》りを叩《たた》き込《こ》む。

避《よ》けきれずにモロに食らったグレイウルフは、「ギャンッ」という鳴き声を上げて数メートル先まで吹き飛んだ。

おそらく今のでグレイウルフは絶命《ぜつめい》したのだろう、頭の中に無機質な女性の声が響《ひび》いた。

《レベルアップしました》

倒したから経験値が入ったってことなんだろうな。

俺はすぐにステータスを確認する。

名前：結城晴人
レベル：14
年齢：17
種族：人間（異世界人）
ユニークスキル：万能創造　神眼《ゴッドアイ》　スキルMAX成長　取得経験値増大
スキル：武術統合　魔法統合　言語理解　並列思考
称号：異世界人　ユニークスキルの使い手　武を極《きわ》めし者　魔導を極めし者

いくらレベル的に格上だったとはいえ、このレベルの上がり方はやりすぎだろ……

なんか称号も増えてるし。

それから俺は気を取り直して、街へと向かうことにした。

道中、遭遇《そうぐう》した様々な魔物と戦ってレベル上げと戦闘訓練をする。

倒した魔物の素材は街でも売れるようなので、毎回剥《は》ぎ取《と》っていたのだが、そろそろバッグに入りきらなくなってきた。

どの部位が素材として売れるのかは神眼《ゴッドアイ》で見れば分かったため、その部分だけを剥いで余計な部分は捨てているものの、バッグが小さかったようだ。

しかも血の臭いもそれなりにするから、魔物が寄ってくる原因にもなっている。

「そういや時空魔法を使えるんだっけか……収納魔法とか作れそうだよな」

そう考えて試《ため》しにイメージしてみると、目の前の空間三十センチ四方が歪む。

「これがそう、なのか？」

試しに素材を近付けると、吸い込まれるように消えていった。

歪み自体も、消えるよう念じるだけで影も形もなくなる。

続いてさっきの素材を取り出したいと念じたら、歪みが再び現れた。

そして恐る恐る手を突《つ》っ込《こ》んで握《にぎ》ると、何かを掴《つか》んだ感触《かんしょく》がある。

そのまま引き抜けば、手の中には先ほど入れた素材があった。

「なるほどね。これは便利だ」

空間の歪みを注視《ちゅうし》すると、詳細が頭に流れ込んでくる。


〈異空間収納〉

時空魔法で使える魔法の一つ。

生み出した空間に物を収納できる。収納物の時間を止めたり進めたりすることも可能。

そういや時空魔法もまだ確認してないから見ておくか。

〈時空魔法〉

時間、空間を操作《そうさ》する魔法。

スキルレベルにかかわらず、時空魔法のスキルで使う魔法は全て神代級《しんだいきゅう》となる。

神代《かみよ》では収納のために誰もが使っていたが、必要となる魔力量の多さから、現代では個人で時空魔法を扱える者はおらず、集団で魔力を注ぐことでのみ発動が可能となっている。

大規模な商会などではこの魔法を利用してマジックバッグを生産し、高値《たかね》で販売している。

ん？　神代級？　と疑問に思うと、魔法の階級についての説明が頭に流れ込んできた。

魔法の階級は七段階あって、上から神代級、古代級、最上級、上級、中級、下級、初級と分けられている。

各属性魔法スキルの初歩的な魔法は初級に分類され、スキルレベルが上がるほどに、より上級の魔法が使えるようになるようだ。

現在、個人で習得できる最も高い階級は古代級とされていて、魔法を極めた者のみが使える。

古代級には複数人の魔力を集めて発動する大規模攻撃魔法もあり、そのことから国家の軍部では、古代級魔法のことを戦略級魔法と呼ぶこともあるらしい。

神代級というのは、文字通り神代――はるか昔に使われていた魔法のことを指す。現在ではほとんどが失われているが、一部の魔法は残っている。

「失われた魔法って聞くと、中二心がくすぐられるな……！　あ、でも怪《あや》しまれるだろうから、うっかり人に見られないようにしなくちゃな」

そんなことを呟きながら、俺は再び歩き始めるのだった。

それから魔物を倒しつつ一時間ほど歩いたところで、少し離《はな》れた所から悲鳴が聞こえてきた。

マップで確認してみると、複数の魔物と人間が入り乱れている。

「これは……もしかして魔物に襲われてる、のか？」

そのことに気付いた俺は、急いでその場所へと向かう。

辿り着いた現場には、悲惨《ひさん》な光景が広がっていた。

少し開けた道の真ん中に、馬車が止まっていて、地面には八人の人間と三匹のグレイウルフ、それから馬が倒れている。

そして、まだ生きているグレイウルフが四匹もいた。

そいつらはそれぞれが、倒れている人間の腹に鼻先を突っ込んでいる。

俺はその光景を見て、顔を顰《しか》めた。

「酷《ひど》いな……」

俺は間に合わなかったことを後悔《こうかい》しつつ、ここからどうするか考える。

食われていない四人と馬は、まだ生きている可能性がある。

正直な話、別に助けてやる義理はない。このまま見捨ててもいいんだが……

「誰かさんのお人好しが移ったのかね」

そう呟きながら、食事を楽しむグレイウルフへと突っ込んでいき、一瞬で蹴散《けち》らす。

ここまででそれなりの数の魔物を狩《か》ったので、グレイウルフの四匹程度、たいした敵ではなかった。

俺はそのまま食われていない四人と馬に近付き、状態を確認する。

中には片目が潰《つぶ》れていたり、片腕がなかったりした人もいたが、死んでいないなら治せる。

ほっとしながら回復魔法をかけると、欠損《けっそん》部位がみるみるうちに元通りになっていった。

部位欠損を治せるレベルの回復魔法は古代級クラスなので、目を覚《さ》ました後に何か言われたら面倒だが……まあしょうがないか。

全員と馬を治してしばらくしたところで、一人、また一人と意識を取り戻す。

彼らは周囲の状況を確認すると、俺の存在に気が付き声をかけてきた。

「あなたが助けてくれたのですね？」

そう声を発したのは、五十代前半のおっさんであった。

「ああ。悲鳴が聞こえたから駆けつけてみたら、グレイウルフに襲われていたからな。倒してから回復魔法をかけたんだ。助けられてよかったよ」

「あの怪我《けが》を回復魔法で……いえ、命の恩人にいきなり色々聞くのは不躾《ぶしつけ》でしたね。本当にありがとうございました！　あなたがいなければ、私たちは死んでいたでしょう」

何があったのか簡潔《かんけつ》に説明をすると、おっさんにものすごい感謝された。

他の三人も、うんうんと頷いている。

これで高圧的な態度でも取られたら早々に立ち去ろうと思っていたが……悪い人ではなさそうだ。

俺は「人として当たり前のことをしただけだ」と伝えるが、おっさんは首を横に振る。

「いえいえ。普通は逃げるか見て見ぬふりをしますよ」

「やっぱそういうものか」

「ええ、そうですとも。ですから本当に感謝しているのです」

おっさんはそう言ってにっこりと笑うのだった。

それから俺は、助けが間に合わなかった四人の遺体《いたい》を丁寧《ていねい》に埋葬《まいそう》し、倒したグレイウルフの死体を異空間収納にしまい込む。

そこで視線を感じて振り返ると、おっさんたちが唖然《あぜん》とした表情でこちらを見つめていた。

しまった、人に見せないようにと思っていたのに忘れてた！

時空魔法なんてものを使った言い訳をどうしようかと思っていると、おっさんが目をキラキラさせて話しかけてきた。

「まさかその若さでマジックバッグまで持っているなんて……かなり高価なもののはずですが、それでもお持ちということは、相当の実力者のようですね……ああ、すみません申し遅れました。私は商人をしているバッカスです……こちらがダリル、ルージャス、ガリバです」

バッカスさんの言葉に、そういえばマジックバッグが存在するんだっけ、と俺は安堵《あんど》の息をつく。いい具合に勘違《かんちが》いしてもらって助かった。

そしてバッカスさんに紹介《しょうかい》された三人が会釈《えしゃく》してきたので、俺も自己紹介をする。

「晴人だ……この先のワークスの街を目指している」

俺がそう言って街がある方角を指さすと、バッカスさんは嬉しそうに言った。

「なんと！　私たちも同じ街を目指していたのです。ただその途中で襲われてしまい、護衛が全滅《ぜんめつ》してしまいまして……ハルトさんさえよろしければ、護衛として同行していただけませんか？　もちろん報酬《ほうしゅう》は出しますので」

護衛か……目的地は同じだし、報酬が出るなら別に受けても問題はなさそうかな。

「ああ、問題ないよ。よろしく頼む」

俺の返答に、四人は満面の笑みを浮かべるのだった。

第4話　初めての冒険者ギルド

馬車に乗り込んで談笑しながら進むことしばし、あっという間にワークスの街近くまで来た。

「そろそろ着きますよ」

そんなバッカスさんの声に、俺は馬車から顔を出して前方を確認する。

そこには、王都ほどではないがそれなりに大きな門と壁、そして検問待ちらしき列があった。

「ずいぶんとしっかりした壁だな？」

「ええ、この辺りはよく魔物が出ますから。あれくらいじゃないと防げないんですよ」

バッカスさんは俺の質問に答えながら、馬車を人の列とは別の方向に進ませる。

「あれ、あの列に並ぶんじゃないのか？」

「ええ。あそこは一般人用ですからね。この街の検問は、一般人用と商人用、それから貴族用の三つに分かれているんですよ」

そう説明してもらっているうちに、商人用の検問所に到着する。

するとすかさず門番が寄ってきた。

「商人証の提示を――」

門番さんはそこまで言ったところで言葉を切って、笑みを浮かべる。

「――って、バッカスさんでしたか……あれ、何かありましたか？　出発の際にいた護衛の冒険者がいませんが」

「ああ、帰りに森で襲われて、冒険者が全滅してしまってな。そこの青年に助けてもらったついでに、護衛として付いてきてもらったのだ」

それを聞いた門番さんは、俺のことをまじまじと見つめる。

「すみませんが、身分証を見せていただいても？　お持ちでしたら冒険者カードでも構いませんが」

そう言われても、持ってないんだよな。

俺は少しだけ探すふりをしてから、申し訳なさそうに見えるように答える。

「すみません、身分証になるものは魔物との戦闘で落としたみたいです……その、冒険者カードも持っていないのですが……」

そんな俺をフォローするように、バッカスさんが言う。

「この人――ハルトさんの身分に関しては私たちが保証するよ」

「そうですか、バッカスさんがそうおっしゃるなら通っていただいて大丈夫ですよ……次からは冒険者カードを作っておいてくださいね」

冒険者カードってなんだ？　登録証みたいなものだろうか。

「はい、ありがとうございました」

そうして俺は無事に街に入ることができた……のだが、バッカスさんが不思議そうな顔で聞いてきた。

「ハルトさん、冒険者ではなかったのですか？」

「ん？　冒険者じゃないぞ？」

あれ？　言ってなかったっけ？

……………うん、言ってなかったね。

バッカスさんは驚きの表情を浮かべながらも、どこか納得したように頷いた。

「そうなんですか。てっきり凄腕《すごうで》の冒険者さんかと……まあ色々事情があるのでしょう。それで話は変わるのですが、宿にアテはありますか？」

「これから探すつもりだけど。それがどうかしたか？」

これから冒険者登録を済ませて、素材を売って金を手に入れてから考えようと思ってたんだが。

「いえ、もしよろしければうちの商会の宿を使ってはいかがでしょうか？　お金などは要《い》りませんし、しばらく滞在《たいざい》していただいて構いませんから」

「いいのか？　それじゃあお言葉に甘えようかな」

俺の言葉に、バッカスさんはとても嬉しそうにしていた。

それから街中を進むことしばらく、周りと比べても一際《ひときわ》大きな店の前で馬車が止まった。

「着きましたよ。ここが私が代表をしている商会の本部です！」

馬車から降りたバッカスさんは、誇《ほこ》らしげに胸を張る。

王都で見かけた下手《へた》な商会より大きいので、それも納得だ。

「ちなみに私が副代表です」

バッカスさんに続いて馬車から降りたダリルさんのその言葉に、俺はルージャスさんとガリバさんを見る。

「まさか二人もこの商会の……」

「ええ、別の街で店舗《てんぽ》を任されているんです」

「私も同じです。今回は王都での店舗代表会議の帰りでしてね」

なるほど、そういうわけか。

するとバッカスさんが、思い出したように尋《たず》ねてきた。

「そういえばハルトさん、今日はもう休まれますか？　あるいは冒険者カードを作りにギルドへ行くとか……」

冒険者カードを作るのにはギルドとやらに行く必要があるのか。だけど……

「ああ、どうしようか迷《まよ》ってるんだ。もう暗くなってきたしな」

正直、今日急いで作る必要はないと思う。明日にでもゆっくり行けばいいし……でも、観光とかするかもしれないし、最低限の金が必要なんだよな。

バッカスさんは商人と言っていたし、何か買い取ってもらえないものか……

「そうだバッカスさん、この服を買い取ってくれないか？　当座の生活費が必要なんだ」

俺がそう言って鞄《かばん》から出したのは、この世界に来た時に着ていた制服だった。

「これは……見たことのない生地《きじ》ですが、肌触《はだざわ》りがいいですね。街までの護衛の報酬と合わせて、金貨十枚でどうですか？」

「ああ、それで構わないよ」

思ってたより高く売れたな……

俺は承諾《しょうだく》してお金を受け取る。ちょっとした買い物の時に困るだろうから、いくらかは大銀貨や銀貨にしてもらった。

「助かったよバッカスさん」

「いえいえ、こちらこそありがとうございました……今日はもう遅いですし、夕食にしようと思っているのですが、よかったらご一緒にどうですか？」

「いいのか？　何から何まで悪いな」

「もちろんですよ！　気にしないでください！」

至《いた》れり尽《つ》くせりで少し申し訳なかったが、バッカスさんがそう言ってくれたので甘えることにした。

それからバッカスさんたちと夕食を済ませた俺は、用意してもらった宿の一室でベッドに寝転《ねころ》ぶ。

これまで経験したこともないような濃《こ》すぎる一日で疲れがたまっていたのか、俺は一瞬で眠《ねむ》りに落ちた。

翌朝、俺はバッカスさんから場所を聞いて、冒険者ギルドの前までやってきた。

冒険者ギルドとは、護衛や素材採取《さいしゅ》、魔物退治の依頼を管理し、冒険者に斡旋《あっせん》する組織だ。各地に支所があって、冒険者カードは公的な身分証にもなる。

俺はこれからの生活がどうなるのか、不安半分、期待半分で扉に手をかける。

建物の中は広く、手前側には酒場が併設《へいせつ》してあるらしい。少し奥の方が受付になっていて、列ができていた。

おそらくあそこで登録もできるのだろうと考えて、その列に並ぶ。

しばらくキョロキョロしているうちに順番になり、受付嬢《うけつけじょう》がにこやかに問いかけてくる。

「こんにちは、依頼の発注ですか？」

「いえ、冒険者登録をしたいんです。初めてなんですが……ここで大丈夫ですか？」

俺がそう言った瞬間、近くで話していた冒険者らしき屈強《くっきょう》な男が三人、酒瓶《さかびん》を片手に話しかけてきた。

「おい、兄ちゃんよ。冒険者登録にはまだ早いんじゃないか？　お家に帰ってママのおっぱいでもしゃぶってな」

「有り金置いてってってもいいんだぜ？　ギャハハハハ」

「そりゃいいぜ。ギャハハハ」

そう言って下品に笑う三人組を見て、異世界モノでよくある展開だと、俺は一人感動していた。

一方で周囲の様子を窺《うかが》うと、同情するような目を向けてくる奴ばかりだった。そしてそいつらは、俺と目が合うと顔を背けてしまう。

まあ、厄介事には巻き込まれたくないだろうし、その反応も当然だな。

俺はテンプレ通りの展開を内心楽しみながら、絡んできた男たちに言葉を返す。

「忠告感謝するが不要だ。そっちこそ朝っぱらから酒を飲む金があるなら、そいつをママに仕送りしたらどうだ？……ああ、そうか。ママの仕送りで酒を飲んでいるのか、それなら納得だ」

俺の煽《あお》りに、三人組は顔を真《ま》っ赤《か》にする。

「なんだと⁉ てめえ、タダで済むと思うんじゃねえぞ！ 俺たちはこれでもCランク冒険者なんだぞ？」

一人がそう怒《ど》鳴《な》ると、三人ともが一気に剣を抜く。

それを見て、近くにいた冒険者たちが離れていき、受付嬢が制止の声を上げた。

「ギルド内での争《あらそ》いは禁止です！ 今すぐに武器を収めてください！ 冒険者カードの没《ぼっ》収《しゅう》措《そ》置《ち》をとりますよ！」

「おいおい、コイツが喧《けん》嘩《か》を売ってきたんだぞ？ 買ってやらなきゃダメだろ？ それに冒険者になるってんだ。実力を確かめてやるよ」

いや、絡んできたのお前じゃん。

でも実力を確かめるってのは面白そうだな、Cランクってのがどの立ち位置なのかは分からんが、冒険者のレベルを知るにはいい機会だ。

俺は三人組を無視して、受付嬢に問いかける。

「ギルド内で武器を抜いたらどんなペナルティがあるんですか？」

「その場合は、即時に冒険者カードが一ヵ月間没収となり、活動ができなくなります。怪我人が出た場合は、ギルドからの永久追放ですね」

なるほど、これであいつらは全員が一ヵ月の活動停止となるわけだ。ざまあないな。

だが、それが決定したところで、三人が俺に剣を向けているという事実は変わらない。

数的にはどうやっても不利だが……

どう切り抜けるかと考えながら三人組を鑑定してみると、全員たいしたレベルではなく、脅威《きょうい》になりそうなスキルも持っていない。

これなら負けることはないだろうけど、さて、どうやって倒すかな。

そう思って三人組を見ていたら、俺が剣を抜かないのは怖気付《おじけづ》いているからだとでも勘違いしたのか、ニヤけながら一斉に切りかかってきた。

……って全員上段からの振り下ろしかよ、単調すぎるだろ。

「危《あぶ》ないっ！」

受付嬢がそう叫ぶが、森で魔物を倒しまくってレベルが三桁《さんけた》目前まで上がっている俺にとっては、連中の攻撃はずいぶんゆっくりに見えた。

俺はすかさず、魔力で体を硬化《こうか》させるスキルを万能創造で創り、手に魔力を流す。

《スキル〈硬化〉を獲得しました。スキルレベルが10となり〈武術統合〉へと統合されます》

そんなアナウンスを聞きながら、振り下ろされる三人の剣を、硬化した手刀で瞬時に叩き折る。

「「「は？」」」

三人はポカンとした顔で、間の抜けた声を上げた。

「こんな脆《もろ》い剣なんて使うなよな、手が当たっただけで折れちゃったじゃないか」

三人組も受付嬢も、成《な》り行きを見守っていた周りの連中も、『脆いわけないじゃないか』と言いたげな表情を浮かべていた。

しかし俺はそんな周囲の反応を無視して、『威圧』スキルを発動しながら三人組を睨みつける。

三人組が威圧にあてられてガクガクと震《ふる》え出したところで、スキルを解除《かいじょ》してやる。

そして顔面蒼白《がんめんそうはく》な三人に向かって、ドスをきかせた声で話しかけた。

「おい」

「「「は、はい‼」」」

ビクリと肩を跳《は》ねさせる三人組。

「お前たち三人は、俺に襲いかかってきた……これは事実だな？」

　三人は無言のままコクコクと頷く。

「そうだな……それじゃあ慰謝料《いしゃりょう》を貰おうか。武器も抜けないくらい怖《こわ》かったからな～。

それに手も痛い気がするな～。でも金欠で薬も買えないからな～」

　そう言ってチラリと三人組を見ると、一斉に喋り始めた。

「ど、どうかこれで、これで許してくれ！　頼む！」

「本当にすまなかった！」

「この通りだ許してくれ！」

　三人は口々にそう言いながら、革袋を差し出してきた。

　俺は三つの袋を手に取って、にっこりと笑みを浮かべる。

「いやー、悪いね♪　……で、お前らいつまでここにいるの？」

　そう言ってさっきより強めに威圧すると、三人組は悲鳴を上げながら走り出し、そのま
ま建物の外へと逃げていった。

「……ふぅ、いきなり襲ってきたから盗賊《とうぞく》かと思ったぜ」

　三人組の背を見送りながら額《ひたい》の汗をぬぐってそう言うと、周囲からジト目が飛んでくる。

　うん、『お前が言うなよ！』ってことね、分かってる。

　俺はため息をついて、三つある革袋のうち二つを冒険者たちに、一つは受付嬢に渡す。

「迷惑料だ、皆で酒でも飲んでくれ」

腹が立ったから巻き上げたけど、実際のところ、護衛報酬兼制服を売った金があるから金に困ってないんだよな。

「「うおおおおお！　ありがとうな兄ちゃん‼」」

俺の言葉を受けて、全員が大きな歓声を上げた。

喜んでもらえて何よりだ。だが……

俺は受付嬢に言う。

「……登録、忘れてないですよね？」

「はい⁉　も、もちろんですよ、アハハ！」

この反応、忘れてたな？

俺は苦笑《くしょう》を浮かべながら、登録手続きを再開してもらうのだった。

「――では、こちらの紙に必要事項を記入してください。その後水晶玉を使って、ステータスの確認を行います……申し遅れました、私は当ギルドの受付を担当しています、ネーナといいます。これからよろしくお願いします」

「ああ、よろしく頼む」

敬語で話すのも疲れてきたので、タメ口で通すことにした。嫌そうな顔もされなかったし、まあいいだろ。

そして受け取った紙に必要事項を書いていく。

こっちの字が書けるか不安だったのだが、言語理解スキルのお陰で違和感《いわかん》なく書けた。

書き終えたところでネーナに紙を渡す。

「……はい、ハルトさんですね。内容に問題はないみたいです」

書類を確認したネーナは、そう言って一つ頷くと、少しかがんで台の下から直径十五センチほどの水晶玉を取り出す。

かがんだ時に胸の谷間に目がいったのはバレてないはず。

「この上に手を置いてください。ステータスが表示されますので確認をします」

「分かった」

そう言ったものの、今の俺のステータスはかなりチートだから隠《かく》した方がいいだろうな。

俺はそう考えて、万能創造でスキル『偽装《ぎそう》』を作る。

これは魔力を消費することでステータスや見た目を偽装することができるスキルだ。魔力の消費量は微々《びび》たるものだから、常時発動してても問題ないし、他人に鑑定された時も偽装状態のステータスが表示されるようになる。

《スキル〈偽装〉を獲得しました。スキルレベルが10となり〈魔法統合〉へと統合されます》

アナウンスと同時に、ステータスを偽装して水晶玉に手を載せる。

名前：結城晴人
レベル：58
年齢：17
種族：人間
スキル：剣術Lv5　風魔法Lv4　火魔法Lv3　回復魔法Lv5　身体強化Lv4

表示されたのはこんなステータスだった。

「えっと、かなりお強いですね……いえ、特に問題はないのですが。それではこれから、冒険者ギルドについての説明をさせていただきます――」

そこそこ長かったので、話をまとめるとこうだ。

冒険者はランク制で、上から順にS、A、B、C、D、E、Fとなる。高難易度《こうなんいど》の依頼を受ければ受けるほど、ランクが上がる。

Cランク以下は、月に一回は依頼を受ける必要があるが、B、Aランクは三ヵ月に一回でいい。

Sランクにはそういった制限はないが、緊急《きんきゅう》依頼の強制受諾《じゅだく》義務や、指名依頼が入ることが多いので、結構忙しいらしい。

ちなみにSランク冒険者は、世界に五人しかいないんだとか。

そして、全員がFランクからスタートというわけではなく、登録する段階で試験を行い、実力に合ったランクからスタートできる。

そういやさっきの三人組、あれでCランクなのか……

また、パーティ制度というものもあり、冒険者同士で任意でパーティを組むことができる。パーティもランク制で、パーティの総合力とこれまでに受けてきた依頼の難易度でランク分けされるようだ。

そこまで説明したネーナさんは、立ち上がるとにっこりと微笑んだ。

「ではハルトさん、さっそくこれから闘技場《とうぎじょう》で試験として模擬戦《もぎせん》を行ってもらいます。試験相手はBランクの冒険者で、彼にハルトさんの適正ランクを判断してもらいます」

「分かった……ずいぶんと準備がいいな」

「ええ。毎日のように登録希望者が来るので、必ず一人はB級の方に依頼を受けていただいているんです。後輩育成に熱心な方も多いんですよ」

そう言ってネーナさんは俺を闘技場へと案内するために席を立つ。

「へぇ、冒険者って危険な職業だと思ってたんだが、そんなに希望者が多いんだな」

「ええ、危険はありますが稼《かせ》げますし、何よりも自由な職業ですから。憧《あこが》れを持つ人が多いのでしょう」

「なるほど、それは納得だな……それで、相手をしてくれる冒険者は結構強いのか？」

「強いですよ、Bランク冒険者ですからね。さっきはCランク冒険者をあっさり倒せてましたけど、くれぐれも油断はしないでください」

ネーナさんはそう言ってニヤリと笑う。

「ああ、分かったよ」

戦うのが楽しみだ。

第5話　実力試験

闘技場に着くと、中央部で男が三人、立ち話をしていた。

ネーナさんは彼らを手で示して口を開く。

「今回は、あちらにいるBランク冒険者のパーティ三名の中から一人選んでもらいます。気絶《きぜつ》または負けの宣言で模擬戦は終わりです」

「了解だ」

俺はそう答えると、こちらに気付いて振り向いた三人にネーナさんと一緒に歩み寄る。

「ネーナちゃん。こいつが俺たちの相手か？」

そうめんどくさそうに言ったのは、大剣を持った筋骨隆々《きんこつりゅうりゅう》の男。

続いて、その後ろにいるフード付きのローブを身にまとった杖《つえ》を持つ魔法使いらしき男と、槍《やり》を持った男も、俺を見ながら呆《あき》れた口調《くちょう》で言う。

「簡単な依頼だな、とか言って依頼を受けたのはおまえだろ、そんなめんどくさそうにするな」

「おいおい、まだガキじゃねーか。死ぬんじゃねーぞ」

言いたい放題な三人に、ネーナさんは少し眉をひそめる。

「で、誰にするんだ？」

そんなこともお構いなしに剣士が聞いてきたので、俺は少し考え込む。

そうだな、せっかくの機会だし……

「三人同時で構わない」

笑いながらそう言い放つと、三人もネーナさんもポカンとした表情を浮かべる。

しかしすぐに、剣士が引きつった笑いを見せながら聞いてきた。

「おいおいおい。何の冗談《じょうだん》だ？　俺の聞き間違いか？」

「いや、聞き間違いじゃない。三人相手で構わないと言ったんだ。いい経験になると思ってな」

俺がもう一度言うと、三人は顔を真っ赤にして怒鳴りだした。

「チッ、舐《な》めてんじゃねーぞ！」

「自分の力を過信《かしん》してると痛い目に遭《あ》うからな？」

「二度と冒険者をやりたいと思えないくらいぼこぼこにしてやるよ！」

隣からはネーナさんが真《ま》っ青《さお》な顔で、俺の服の裾を掴んできた。

「ハルトさん！　何無茶なこと言っているんですか！　新人がBランクを三人相手なんて無理ですよ！」

「ネーナさんは俺の実力を知らないだろ？　それに、一人しか選んではいけないとは言ってなかったじゃないか」

「う、そ、それはそうですが……」

そんな俺たちに、剣士が真っ赤な顔のまま言ってきた。

「コイツがやるって言ってんだから、いいじゃねーかよ。なぁ？」

「あぁ、問題ないな」

俺が何を言われても意見を変えないと察したのか、ネーナさんは呆《あき》れ顔になる。

「……分かりました、許可します。ただ、今回の件はギルドマスターに報告させてもらいますね」

「ああ」

「かまわねえよ」

俺と剣士はそう言って、お互いに距離をとって武器を構えた。

当然、魔法使いと槍使いもそれぞれ構える。

「――では、開始‼」

離れていたネーナさんの号令によって、模擬戦が始まった。

最初に突っ込んできたのは剣士と槍使い。魔法使いは奥の方で魔法の詠唱をしている。

今回は身体強化は使わずに、どれだけ動けるか試してみたい。

だがそのためにも、まずは遠距離攻撃がある魔法使いから倒したいな。

そう思いながら、剣士が振り下ろしてきた大剣を、こちらも剣で受け流す。元の世界じゃこんなことはできなかったけど、今はカンストした剣術スキルのおかげで余裕だ。

そしてそのまま、がら空《あ》きの脇腹《わきばら》に軽く蹴りを入れる。

向こうの耐久力《たいきゅうりょく》が分からないから、下手に全力で蹴ると死にかねないので手加減して、と……

《スキル〈手加減〉を獲得しました。〈武術統合〉へと統合されます》

……なんか、スキル獲得したんだが。こんな自動的にスキル創ってくれるのか、便利だな万能創造。

剣士はといえば、まさか受け流された上に蹴りまで食らうとは思っていなかったのか、驚愕の表情を浮かべたまま吹っ飛んでいく。

そして闘技場の壁に大きな音と共にぶつかった。

同時に突っ込んできていた槍使いは、驚きながらも鋭《するど》い突きを放ってくる。

「はぁっ！」

しかし俺はそれをかわして槍使いの後ろに回り込み、膝カックンの要領《ようりょう》で膝裏に軽く蹴りを入れた。

「なっ⁉」

膝から崩《くず》れた槍使いに追撃しようとしたのだが――

「ファイヤーアロー！」

魔法使いが放った火属性の下級魔法が飛んできた。

しかし俺は焦《あせ》らず、同じ魔法を無詠唱で放って相殺《そうさい》する。

「な、無詠唱だと⁉　魔法を極めた者しか使えないはずでは⁉」

驚く魔法使いに走って近寄ろうとするが、そんな簡単にはいかなかった。

「そうはさせないぜ！」

言って立ちはだかったのは、先ほど蹴り飛ばした剣士だ。

蹴り飛ばされたダメージが残っているのだろう、少しふらついている剣士の男へと、俺は構わずにそのまま突っ込む。

「な！」

そして、驚愕の声を上げる剣士のみぞおちに、剣の柄頭《つかがしら》を叩き込む。

「う、ぐ……」

剣士は苦悶《くもん》の声を上げ、膝から崩れ落ちて気絶した。

「ジョーン！」

俺の背後で槍使いが叫ぶ。この剣士はジョーンという名前らしいな。

なんてことを思っていると、槍使いが突っ込んできた。

「くそ！　ジョーンの仇《かたき》！」

いや、ジョーンは死んでないからね⁉

背後から迫《せま》ってきた槍使いは、かなりの速度で連続の突きを放ってくる。

しかし振り返った俺はその一撃一撃を正確に見切り、最低限の動きでかわしていく。

動きを追えない者には、槍が勝手に俺を避けているように見えるだろう。

「くそ！　なぜ当たらないんだ！」

いや、その勢いで槍が当たったら普通に死ぬよね⁉　……いや、今の俺なら大丈夫、なのか？

「す、凄い……」

あれこれ考えていると、ネーナの驚いたような呟きが聞こえてきた。

そして詠唱が終わったのだろう、魔法使いが再び魔法を放ってくる。

「ファイヤーアロー！」

槍使いはその声と同時に、巻き添《ぞ》えを食らわないように後退する。

そして俺が再び無詠唱のファイヤーアローで相殺すると、その隙《すき》を突くように槍を放ってきた。

これまでで最速の、おそらく渾身《こんしん》の一撃。しかも標的《ひょうてき》は魔法を放った直後という最高のタイミング。

しかしその突きは、俺の眼前で止まっていた。

そう。俺は槍の柄を左手一本で掴み、止めていたのだ。

「なんだと⁉ ありえない！」

槍使いは信じられないという顔でそう言って、動きを止めてしまう。

「いや。ありえる」

その隙に俺は槍を引き寄せて槍使いの体勢を崩し、無防備な腹部へと右腕を突き入れた。

ドスッという鈍《にぶ》い音と共に、膝から崩れ落ちる槍使い。

その光景を見て、魔法使いが声を荒らげる。

「くそ！ ローンまで殺《や》られた！ ローンの仇！」

なるほど、槍使いの名前はローンか……ってだから死んでないから！

そう思っていると、魔法使いは詠唱を始める。

本来なら魔法使いとの戦闘では、詠唱が完成する前に倒すべきだし、最初は俺もそう考えていた。

だが今は、あえて待つことにした。

だって本職の魔法使いがどんな魔法を使うのか見てみたいじゃないか。

のんきに構えていると、ネーナさんはどんな魔法が放たれるのか詠唱から察したのか、急に大きな声を上げた。

「この詠唱は……中級のファイヤーウェーブ!?　ハルトさん、早く逃げてください‼」

しかし魔法使いは、もう遅いとでも言いたげに笑みを浮かべる。

「ふっ、詠唱はもう完成した……死ねぇ！　ファイヤーウェーブ！」

魔法名が告《つ》げられると同時に、高さ二メートルほどの炎の壁が、波のように押し寄せてきた。

んー、なんか同じ魔法をぶつけて相殺ってのも、そろそろ芸がないよな……

「んじゃ、ファイヤートルネードで」

俺は軽くそう言って、上級魔法のファイヤートルネードを放った。

大きな炎の竜巻《たつまき》は、迫ってくる炎の壁を巻き上げて消滅《しょうめつ》させる。

そして竜巻が消えた後の地面は赤くドロドロになっていた。

魔法使いの方に目を向けてみれば、口をポカンと開けて立ち尽くしていた。

「……」

「おい、アレで終わりか？」

そう問いかけると、魔法使いは無言のままコクリと頷く。

「よし、じゃあ次は俺の番だな」

俺はそう言って剣を収め、両拳《りょうこぶし》を握ってファイティングポーズをとる。

「ちょっ、ちょっと待ってくれ！　俺たちの負けだ！」

「ん？　何か言った？」

俺は聞こえないフリをして、思いきり地面を踏み込み魔法使いへと一瞬で迫る。

「だ、だからま、待ってく――」

流石《さすが》に可哀想《かわいそう》になったので、拳《こぶし》は寸止めする。

拳圧《けんあつ》でフードが取れると、魔法使いは白目を剥《む》いて、立ったまま気絶していた。

……なんか悪いことした気分だな。

と、そこでネーナさんが駆け寄ってきた。

「ハルトさん！　大丈夫ですか!?」

「俺は見た通り大丈夫だが」

「それはよかったです……とりあえず待っていてください。ギルドマスターを呼んできますから！」

ネーナさんは言うだけ言うと、その場を走り去ってしまった。

どれくらいで戻ってくるか分からなかったので、さっき手に入れたスキルの確認を行う。


〈手加減〉

相手を殺さないよう、自動で加減をする。武器での手加減は不可。


おお、模擬戦の時とか相手を殺したらいけない時は便利だな。

あー……ネーナさん戻ってこないし、魔法使いを起こしてやるか。

俺は魔法使いに近寄って頬を叩き、目を覚まさせる。

「おい。いつまでそうしてる。お前の仲間を運《はこ》ぶぞ」

「はっ⁉　そ、そうですね！」

なんで敬語？

なんて思いながら、魔法使いと一緒に剣士と槍使いを闘技場の中央に運び、仰向《あおむ》けに寝かせてやる。

そうするうちに、ネーナさんが一人の中年男性を連れて戻ってきた。

「お待たせしました」

ネーナさんが連れてきたのは、五十代くらいのおっさん。

「君がハルト君だね。私はこのワークスの冒険者ギルドのギルドマスターをしているダースだ。ここに来る途中でネーナから大体のことは聞いたが……ずいぶんと派手《はで》にやったみたいだね。ネーナ、とりあえずそこの二人の手当てをしてやれ」

「はい」

「ちょっと待って、俺がやるよ」

ネーナさんが頷いて二人の方へ向かおうとしたが、俺はそれを制止する。

「「え？」」

ダースさんもネーナさんも魔法使いも、不思議そうな顔だ。

俺はそれを無視して、剣士と槍使いに近付いて上級の回復魔法をあえて唱《とな》えた。

「――ハイヒール」

みるみるうちに傷が治っていくのを見て、ダースさんは目を丸くする。

「回復魔法まで使えるのか……そうだ、この後私の部屋に来てくれ。ランクの件で話があるんだ。すぐ終わるし、来てくれるよな？」

『断《ことわ》らないよなぁ？』とでも言いたげな顔を向けてくるダースさんに、俺はため息混じりに頷く。

「はぁ、分かりましたよ」

剣士と槍使いは魔法使いに任せて、俺はそのままダースさんとネーナさんについてギルドマスターの部屋へと向かう。

「さぁ、入ってくれ」

そう言って通されたギルドマスターの部屋は、意外と華美《かび》な装飾《そうしょく》はなく、シンプルなものだった。

壁一面の本棚《ほんだな》と、書類が山盛《も》りの机。それから来客用のローテーブルとソファ。

促《うなが》されるままにソファに座ると、ネーナさんが飲み物を出してくれる。

模擬戦ですっかり喉《のど》が渇《かわ》いていた俺は、遠慮《えんりょ》なく飲み物をいただきながらダースさんの話を聞く。

「ハルト君。君のランクについては、Bランクからのスタートにしたいと思うんだ。正直Aランクでもいいと思うんだが、前例がない上に私の権限《けんげん》だとBランクにするのがせいぜいでね」

ダースさんは申し訳なさそうにしているが、Bランクもあれば十分だ。

「ええ、分かりました」

「よかった。また明日来てくれれば、冒険者カードを渡すから」

冒険者カード作るのって、意外と時間がかかるんだな。

俺は「それじゃあまた明日来ます」と言い残して部屋を出る。

ドアが閉まる直前に、ダースさんの疲れたようなため息が聞こえた気がした。

宿へと戻る途中、お腹《なか》が空《す》いたので露店《ろてん》を見て回る。

王都でも思ったが、やはり異世界ならではの食べ物や雑貨が多く、なかなか興味深い。

キョロキョロしながら歩いていると、露店の一つから気のよさそうなおっさんが声をかけてきた。

「そこの兄ちゃん、一つどうだい？」

そう言いながら俺に差し出してきたのは、手羽先っぽい肉の塊《かたまり》だった。

「何の肉だ？」

「ホワイトバードの肉だよ。美味《うま》いぞ」

「ホワイトバード？」

聞きなれない名前に首を傾げていると、おっさんが驚いたような表情を浮かべる。

「なんだ知らないのか、どんな田舎《いなか》から来たんだい？　ホワイトバードは体長一メトル……こんくらいの大きさの、白い鳥型の魔物だよ。こんな風に焼いて食うと美味いんだ」

おっさんはそう言って腕を広げる。なるほど、1メトルってのはちょうど1メートルくらいだな。

「そうか。なら二つ貰おう」

「ありがとよ、二つで二百ゴールドだ」

俺はポケットに手を入れるふりをして、異空間収納から大銅貨を二枚取り出しておっさんに手渡す。

「毎度。ほら」

おっさんから受け取ったホワイトバードの肉はアツアツで、どうやら出来立てのようだった。

再び宿へと向かって歩き始めた俺は、肉が冷めないうちにかぶりつく。

「おお、美味いじゃん」

思わずそんな声が漏《も》れてしまった。

調味料に漬《つ》け込まれているのか、味がしっかりとしみ込んでいる。外側はパリッとしていて、タレの焦《こ》げた匂《にお》いがさらに食欲をそそる。宿に着く頃にはすっかり食べ終えてしまっていた。

宿で軽く休んだ俺は、バッカスさんの商会へと向かった。

無事に冒険者になれたことの報告と、明日にでも街を出ようと考えていることを伝えるためだ。

このまま世話になり続けていても申し訳ないし、せっかく冒険者になったからには世界を見て回りたいからな……特に目的地はないけど。

そう思って商会の前まで行ったところで、バッカスさんの方から俺を見付けて声をかけてくれた。

「やあ、ハルトさんじゃないですか。今日はどうしたんです？」

「こんにちはバッカスさん。実はお話がありまして……」

そしてこれからのことを話すと、バッカスさんはおすすめの目的地を教えてくれた。

「国境の街ヴァーナを目指してはどうでしょう？　そのまま国境を越《こ》えると、三大国の一つ、ペルディス王国があります。あそこはとても住みやすくていい国ですよ……実は明日、私たちもヴァーナに向かうんですけどね」

三大国というのは、この世界にいくつもある国家のうち、今名前が上がったペルディス王国、今俺たちがいるグリセント王国、最大の国土を持つガルジオ帝国のことを指すそうだ。

「そうなのか。ならそこを目指してみるよ」

目的も決まったところで、しばらく雑談をしてから商会の前を離れた。

それからしばらく観光をして宿に戻ると、夕食を食べに来たバッカスさんたちがいて、せっかくだからとちょっとした宴会をした。

そうしてようやく部屋に戻った俺は、神眼《ゴッドアイ》でマップを見て、ヴァーナまでの道のりを確認してから、眠りにつくのだった。

第6話　初めての依頼

翌朝、ダースさんから言われていた通りギルドに向かった。

そして昨日と同じように扉を開けたのだが、その瞬間、中にいた全員の視線が突き刺さった。

え？　なに？　何かあった？

戸惑《とまど》いながら、受付に行ってネーナさんに尋ねる。

「何かあったのか？」

ネーナさんは、俺の顔を見るなり呆れた表情を浮かべた。

「昨日冒険者登録しに来た新人が、Bランク三人を相手に圧勝すれば誰もが気になるに決まってるじゃないですか。しかもいきなりBランクになるんですから」

それにしたって注目されすぎじゃないか、なんて思う俺をよそに、ネーナさんは銀色のカードを机の上に出した。

「こちらが冒険者カードになります。冒険者カードは、身分証の代わりになる他、武器屋や道具屋で提示することで割引がききます。再発行には大銀貨五枚がかかるので気を付けてくださいね……さて、それでは最後に、カードのこの部分に血を垂《た》らしてください。そうすることで持ち主をロックする魔法がかかります」

俺は手渡されたナイフで指先を少し切って、カードに血を垂らす。

すると、カードが一瞬輝いた。

「……これで登録が完了しました、おめでとうございます。あ、それとギルドマスターが呼んでいましたので、ギルドマスター室に行ってください」

ネーナさんはにっこりと微笑んで、俺にカードを渡してくれた。

カードを受け取った俺は、ギルドマスター室へと向かう。

ノックしてから入ると、中ではダースさんが山ほどの書類に埋《う》もれながら事務作業をしていた。

「ああ、よく来たね。すまないが座って待っていてくれるか。もう少しで終わるところだ」

言われた通りにソファに座って待つことしばし、仕事が一段落ついたのか、ダースさんは俺の向かいに座った。

「さて、今日来てもらったのは、君をAランクに上げようと思っていたからなんだ」

え？　昨日Bランクで登録したばっかだぞ？

「早くないか？」

そう言って混乱する俺に、ダースさんは頷いた。

「ああ、異例のスピードだ。だが、君の実力を考えれば、悪くない話だと思うんだよ。もちろんそれだけが理由じゃないが……」

「なんだ、高ランクの冒険者が少ないのか？」

もしかしてと思ってそう問いかけると、ダースさんは苦笑する。

「ははは、実はそうなんだ。君のような実力者を野放しにするなんて、ギルドとしてはできないという結論に至ってね……特例として、Aランクに上げようと思ってるんだ」

「やっぱりか。でも、そんなにすんなり上げられるもんなのか？」

あまり時間がかかるのは困るなと思って聞いてみると、ダースさんは顎《あご》に手を当てて考え込む。

「そうだな……Aランクになるには、二人以上のギルドマスターの推薦状《すいせんじょう》が必要になるんだ。知り合いのギルドマスターに経緯《けいい》を教えて推薦状を貰うから、一週間以上はかかると思っているんだが……もしかして街を出ていくのか？」

そう聞かれたので、今日にでもヴァーナへ向かい、そのままペルディス王国へと入るつもりだと伝えた。

するとダースさんは、「少し待て」と言って何かを書き始め、それを俺に渡してくる。

「この推薦状をヴァーナのギルドマスターに渡してくれ。そうすればすぐにでも、カードを発行してもらえるはずだ」

　あれ？　と思ったのでダースさんに尋ねる。

「そんなにあっさり作れるのか？」

「ああ。事情については、先に早馬を出して知らせておく。推薦状は規約上ハルト君本人が持っていかないといけないから、それ以外の手続きを進めておいてもらうんだよ。それでその推薦状を渡せば、すぐにでもカード発行に移れるってわけだ」

「なるほど、効率的だな」

　俺は納得するとダースさんに礼を言い、部屋を出ようとする。

　そんな俺の背中に、ダースさんが声をかけてきた。

「そうだ、ヴァーナまでの道は、最近盗賊が多いみたいでな。大丈夫だろうが気を付けてくれよ」

「ああ、分かった。忠告感謝する」

　俺は改めて礼を言って、ギルドマスター室を後にするのだった。

　……そうだな、ヴァーナまでの護衛任務とかがあれば受けておこうかな？

　なんて考えながら、ロビーに戻る。

　まだネーナさんがいたので、依頼を探していることを伝えると、すぐに動いてくれた。

「――ちょっと待っていてください。ヴァーナまでの護衛依頼、すぐに見付けてきますから」

待っている間、受付近くの椅子に座ってぼーっとしていたのだが、昨日のCランク三人組との騒ぎを知っている冒険者が、次々に声をかけてきた。

それは「昨日の酒代ありがとよ！」「あんたのお陰で久しぶりに皆で騒げたぜ！」といった感謝の言葉ばかりで、こういうのも悪くはないな、と思った。

数分経《た》ったところで、ネーナさんが戻ってくる。

「ハルトさん、お探しの依頼が一件見つかりました。商会の護衛ですね。これからすぐ出るみたいです。四人までの依頼でもう三人は埋まってるようですけど……受けますか？」

「ああ、ありがとう。受けることにするよ……ネーナさんには世話になったな、ありがとう」

ついでに感謝を伝えると、ネーナさんは照《て》れたように笑った。

「いえいえ。またいつかお会いしましょう」

「ヴァーナに着いたら向こうのギルドでカードを出せば依頼完了の手続きができますので」と教えてもらった俺は、まっすぐに集合場所へと向かった。

荷物の類《たぐい》は、今朝《けさ》宿を出る時にまとめて異空間収納に突っ込んであるので、今の俺は身軽だ。

軽い足取りで待ち合わせの場所に到着すると、そこには二台の馬車があり、すぐ近くにバッカスさんがいた。

「あれ？　依頼主はバッカスさんだったのか」

俺が思わず上げたその声に、バッカスさんはこちらに気付いて笑顔で歩いてくる。

「やあ、依頼を受けてくれたのはハルトさんでしたか。助かりました、あと一人が集まらなくてね」

そういえばバッカスさんもヴァーナに向かうって話だったもんな、すっかり忘れてたよ。

するとその時、俺の背後から声がかかった。

「あんたが最後の人か？」

振り返るとそこには、いかにもガラの悪そうな三人組の男がいた。

俺は少し警戒しつつ、「そうだ」と返す。

どんな連中だろうか、昨日みたいなテンプレ的な絡み方をしてきたらどうしようか、なんて思っていたのだが――

「そうなのか！　いやぁ、助かったぜ」

「俺たち三人じゃ、ちっとキツくてな」

「あぁ。ホントに助かった」

思っていたよりも穏便《おんびん》な反応だった。

あれ？　見た目はいかついけど、いい奴らそうじゃないか！

そう思っていると、リーダーらしき強面《こわもて》の男が尋ねてきた。

「俺たち三人はCランクのパーティだ。そちらのランクを聞いていいか？」

「ああ、Bランクだ……昨日登録したばかりだがな」

証拠《しょうこ》として冒険者カードを見せた途端《とたん》、三人は一瞬目を見開いて固まった後、俺に詰《つ》め寄る。

「昨日登録してBランクって……まさかギルドで話題になってた奴か⁉」

「おいおい、あの話ってガチだったのかよ。だが、これで依頼の成功率が上がるぞ！」

「そうだな。期待してるぜ！　名前を聞いていいか？　……って、先にこっちから名乗るべきだよな。俺は剣士のバーナー。そっちの二人は俺と同じ剣士のノーカスと、槍使いのオールドだ」

なるほど、このリーダーっぽい強面がバーナーか。で、小柄なのがノーカス、長身がオールドだな。

俺は一つ頷いて、自己紹介をした。

「晴人だ、よろしく頼む」

「ああ、よろしく……それで、ハルトはどうやって戦うんだ？　剣も持ってないし、魔法使いか？」

不思議そうに尋ねてくるバーナーに、俺はニヤリと笑みを返す。

「街から出たら説明するさ、後でのお楽しみだ」

そんな俺の言葉に、バーナーたちは首を傾げるのだった。


それからすぐに出発し、あっという間に馬車は街から離れていく。俺とバーナー、ノーカスとオールドのペアで、それぞれの馬車に乗り込んでいる。

ある程度街から離れたところで、バーナーが痺《しび》れを切らしたように聞いてきた。

「なあハルト、どうやって戦うんだ？　そろそろ教えてくれていいだろう？」

「そうだな」

バーナーにそう答え、俺は鞄を経由して異空間収納から剣を取り出す。

「なっ⁉　なんだ、マジックバッグ持ちかよ……羨《うらや》ましいな。だが、街中でも帯剣《たいけん》しておいた方がいいぞ。舐められるからな」

バーナーの忠告に、俺は素直に頷く。先輩冒険者の言うことだしな。

「それで、ハルトは剣士ってことか？」

俺は軽く首を横に振って、馬車から手を出す。

そして不思議そうにしているバーナーを尻目《しりめ》に、道から少し離れた岩に向かって、風属性の初級魔法であるウィンドボールを無詠唱で放った。

風の球はまっすぐ飛んでいき、命中した岩を吹き飛ばす。

「なんだ今のは⁉」

「ウィンドボールだ」

「初級魔法があんな威力になるのか⁉　どう見ても中級魔法クラスじゃねえか！　というかお前今、無詠唱だったよな⁉」

「まあな。まあとにかく、俺の戦い方はこの剣と魔法なんだよ」

バーナーはありえないものを見るような目で、俺をじっと見つめるのだった。


それから昼食を挟《はさ》みつつ進むことしばらく、気配察知に反応があった。

マップを確認してみると、俺たちの進行方向に二十人以上いるらしい。

そういえばダースさんが、盗賊が出るとか言ってたな……。

バーナーたちはCランク、この人数を相手にするのは厳《きび》しいだろうな。

俺はバッカスさんや御者《ぎょしゃ》、そしてバーナーたちに、行く手に人の気配があることを伝え、警戒を促す。

そしてしばらく進んだところで、マップに表示されていた奴らが道へと飛び出してきた。

「そこの馬車、今すぐ止まれ！　全ての荷物を置いていきな。じゃないと命はないぜ？」

そう叫んだのは、先頭にいたリーダーらしき人物。

うん、やっぱり盗賊だったか。

俺とバーナーたちはすかさず馬車から降りて、盗賊たちの前へと進み出た。

「くそっ、二十人もいるのか……」

バーナーの焦ったような声に、俺は冷静に返す。

「いや、数は二十五人だ。そこの草むらの陰に二人と、そっちの草むらの陰にもう二人。最後にあそこの木の裏に一人だ」

俺たちがいる場所からは絶対に見えない場所にいる仲間の数を言い当てられて、盗賊のリーダーは驚きの声を上げた。

「な、なぜ分かった⁉」

「気配でバレバレだよ」

鼻で笑って返してやると、隠れていた盗賊も出てきて、悔《くや》しそうなリーダーの近くに集まる。

「くっ！　……だが人数は圧倒的にこっちが上だ、いつまでそう余裕でいられるだろうなぁ！」

確かにその言葉の通り、人数差は圧倒的だ。

バーナーたちも、緊迫《きんぱく》した表情を浮かべていた。

「相手の数が多い……ハルトがいるとはいえ、これじゃあ絶望《ぜつぼう》的だ」

そう言ったバーナーも含めて、三人とも武器を構えてはいるがすっかり腰が引けており、戦える様子ではない。

「こいつらの相手は俺が一人でするから問題ない。初めての対人の実戦にはちょうどいいだろ。バーナーたちは馬車を守ってくれ」

俺がそう言うとバーナーたちは呆気《あっけ》にとられ、盗賊たちは下品に笑う。

「おいおい、お前みたいなガキがたった一人で、こんなにいる俺たちを相手にするだと？　しかも対人戦が初めてだ？　笑わせるなよ」

しかし俺は、半笑いでさらに挑発した。

「余裕に決まってるだろ？　それに、『こんなにいる』じゃなくて『これだけしかいない』の間違いじゃないのか？」

その俺の言葉に、盗賊たちは面白いように顔を真っ赤にする。

「なんだとてめぇっ！　……おいお前ら、やっちまえ‼」

怒り狂ったリーダーの声を受けて部下たちが剣を抜くのを見て、ようやく我に返ったらしきバーナーたちが声をかけてきた。

「おいハルト、流石に一人じゃ無理だ！」

「そうだ、それに対人戦が本当に初めてなら、無理をするべきじゃない！」

「俺たちも一緒に戦うから思い直せ！」

そんな声を受けながら、俺は盗賊たちへと歩み寄る。

バーナーたちの気持ちは嬉しいが、下手をすれば足手纏いになるかもしれないし、怪我をしてほしくない。

「大丈夫だ、任せてくれ」

俺はそう言って剣を抜く。

そしてその剣を構え――ることなく、剣を握った右手をだらりと下げた。

一見やる気がないように見えるかもしれない。

しかしこれこそが、剣術スキルを極めた者だけが扱える構え、『無の構え』なのだ。

盗賊たちは舐められていると感じたのか、ますます激昂《げきこう》して怒声《どせい》を上げながら切りかかってきた。

最初に向かってきたのは三人。

俺はギリギリで剣を避け、カウンターとして首筋を切りつける。

肉を切る感触が伝わってきたが、人を殺したという嫌悪感《けんおかん》や抵抗感はなかった。

騎士たちに殺されかけて力を得たあの時、この先、敵には容赦しないと決めたのだ。

その誓いが胸にある今、俺は殺意を向けてくる相手を殺すことに躊躇《ためら》いはなかった。

三人が倒れ伏すのと同時に、俺は剣を振って血を払う。

「クソッ！　何ボケッとしてやがる！　さっさと囲んで殺せ！」

いきなり三人もやられて焦っているリーダーの指示を受けて、部下たちが俺を囲む。

その数は十二人。

これだけの人数が一斉に襲いかかってきたら、流石に切り結《むす》ぶことになるだろうし、剣が壊《こわ》れないか心配だが……

そうか、剣の耐久力を上げればいいのか。

俺はそう考えるや否《いな》や、万能創造でスキルを作成する。

《スキル〈付与魔法《エンチャント》〉を獲得しました。スキルレベルが10となり〈魔法統合〉へと統合されます》

付与魔法《エンチャント》とは、道具などに特定の効果を付与する魔法だ。

今回付与するのは『強刃《きょうじん》』。剣や刀の耐久力と切れ味を上げる効果がある。

本当はもっと色々な効果を付与したかったのだが、付与できる効果の数は、対象のレアリティや耐久力に依存する。

今持っているこの剣では、一つの付与が限界だった。

そして俺が付与を完了すると同時に、十二人の盗賊が一斉に襲いかかってくる。

俺は、後ろから切りかかってきた奴は無視して正面《しょうめん》へと突っ込んでいった。

正面にいた盗賊は剣を盾にして防ごうとするが、俺は構わずそのまま剣を思いきり薙《な》ぐ。

次の瞬間、俺の剣は盗賊の体を剣ごと真《ま》っ二《ぷた》つにしていた。

そのまま包囲を抜けたのだが、当然まだ盗賊は残っているし、俺を包囲していた連中も後ろから迫ってくる。

再び包囲された俺は、敵がある程度の距離まで近付いてくるのを待ってから、風の刃を放つ風属性下級魔法、ウィンドスラッシュを発動する。

しかしそのまま放つのではなく、いったん剣に載せた状態でキープする。

そして円状に広がるのをイメージしながら、魔法を放ちつつ剣を水平に振るって一回転した。

「なっ⁉」

盗賊たちが驚きの声を上げると同時に、風の刃は俺のイメージ通りに、円状に広がっていく。

振るった剣の速度に合わせて高速で放たれた魔法は、一瞬で十人以上の盗賊の命を刈《か》り取った。

イメージ通りに魔法が発動したことに満足しながら、俺は盗賊のリーダーへと歩み寄る。

「ひ、ひぃ！　化け物が！」

情けない声を上げた盗賊のリーダーは、しりもちをついて後ずさる。

残りの部下の数は八人程度。果敢《かかん》にもリーダーを守ろうと俺の前に立ち塞がるが、その足は震えていた。

「ボ、ボスには近寄らせねえ！」

なんだこのリーダー、意外と人望があるのか。

そう感心していると、八人同時に切りかかってくる。

俺は攻撃を避けながら、淡々《たんたん》とトドメを刺していった。

そうして部下が全員死んだ途端、リーダーが命乞《いのちご》いをしてきた。

「ゆ、許してくれ！　俺はまだ死にたくない！」

「あ？　俺たちを殺そうとしておいて、自分は死にたくないのか？　ずいぶん自分勝手じゃないか。それに死んでいった部下に申し訳ないと思わないのか？」

「そ、それは……」

リーダーは何も言えなくなって黙《だま》ってしまう。

もう殺していいかな、こいつ。

そう思って剣を振り上げると、バーナーに止められた。

「おいハルト。そろそろやめてやれ」

「バーナー、こいつは俺たちを殺そうとしたんだぞ？」

「それはそうだが……この惨状《さんじょう》を見れば、誰でも止めるさ」

バーナーの言葉に周囲を見渡せば、辺り一面、血の海だった。

敵を殺すこと自体に嫌悪感はなかったとはいえ、グロテスクな光景が好きなわけではない。

流石にちょっと気分が悪くなってきた……と思っていたら、例の無機質な声が聞こえてきた。

《スキル〈精神耐性《せいしんたいせい》〉を獲得しました。スキルレベルが10となり〈魔法統合〉へと統合されます》

その声と同時に、気分がスッと楽になった。

また勝手に万能創造がスキルを創ってくれたみたいだ。

本当に自重しないな、このスキル……

だが、そのお陰で少し冷静になれた。

「……流石にやりすぎたみたいだな。すまないバーナー……だがこいつは俺に任せてほしいんだ」

「お、おい。やっぱり殺すのか？」

「いや、殺さないさ」

俺の答えに、バーナーはホッとした様子を見せる。

「――まあ、ちょっと痛い目は見てもらうけどな」

それを聞いて、バーナーたちは頬を引きつらせるのだった。

俺は盗賊のリーダーに腹パンを食らわせて気絶させた後、まずは辺りを綺麗《きれい》にした。

土属性の魔法で、死体や散《ち》らばっているパーツ、そして血が染《し》み込んだ土を寄せ集めて、道路脇に埋葬する。もちろん、道路を均《なら》すのも忘れない。

作業が終わったところで、また新しい穴を掘《ほ》って、そこに盗賊のリーダーを顔だけ出るようにして埋める。

顔の横には、『私が辺りを騒がせていた盗賊のリーダーです』と書いた立札を刺しておいた。

ただ、一部始終《しじゅう》を見ていたバーナーたちと、途中から馬車を降りていたバッカスさんたちは、そんな俺にドン引きするかのように顔を引きつらせていた。

「え？　何？　埋めたのはまずかったか？　やっぱり縛って吊《つ》るした方が……」

「いえいえこれで十分でしょう！　ええ！」

俺がそう言いかけたのを遮《さえぎ》り、バッカスさんが言葉を被《かぶ》せてくる。

なぜだか分からず首を傾げていたのだが、バーナーたちは呆れ顔でため息をついていた。

それからすぐに馬車に乗り込んだ俺たちは、改めてヴァーナへと向かって出発する。

しばらく馬車に揺《ゆ》られていると、バーナーが思い出したように聞いてきた。

「そうだハルト、あの風魔法はなんなんだ？　初めて見たぞ」

ん？　ああ、あの円状のやつか。

「あれはウィンドスラッシュを応用した技だな。ウィンドスラッシュを円状に飛ばすことで、前後左右の全方位攻撃が可能になるんだ。威力とか範囲は魔力量によって変わってくるんだが……まあ、ぶっつけ本番の割にはうまくいってよかったよ」

その答えに、バーナーは驚愕の声を上げた。

「ぶっつけ本番で魔法を作っただと⁉　……そういや、ずいぶんと相手が近付いてから魔法を発動していたが、魔力消費が大きい魔法なのか？」

「いや、普通のウィンドスラッシュと変わらないぞ。あれでも相当抑《おさ》えた方だったから、もしもっと魔力を込めてたらかなりの範囲が切断できてただろうな……あと、『作った』じゃなくて『応用』だからな」

「……あれだけの威力の魔法でも、『抑えた方』か……やっぱとんでもないな、ハルトは」

バーナーはそう言うと、珍獣《ちんじゅう》でも見るかのように俺を見つめた。

おいおい、そんな目で見るなよ。

第7話　魔獣との連戦

空が薄暗くなってきた頃、馬車が止まった。

どうやら今日はこの辺りで野営するみたいだな。

この世界に来て初めての野営でドキドキしていたが、バーナーたちは慣れているようで手際《てぎわ》よく作業を進めていき、あっという間に準備が終わった。

そしてバッカスさんが用意してくれた夕食を食べ終えた後、俺はバーナーたちと夜間の見張りの順番を相談する。

結果、一番手になった俺は、皆が寝静まった後、一人夜空を眺めていた。

「こっちの世界の夜空は向こうより綺麗だな……星もよく見える」

元の世界にいた時は、星なんか全然見えなかったが、こっちは街灯《がいとう》みたいなものもないので、星明かりがますます綺麗に見えた。

周囲に注意を払いつつもぼーっとしているうちに、交代の時間になる。

そろそろバーナーを起こすかと思って立ち上がった瞬間、気配察知に大きな反応が引っかかった。

「ん？　これはなんだ？」

そう呟いた瞬間、すさまじい威圧感を発しながら、巨大な黒い虎《とら》が少し離れた森の中から姿を現した。

この世界に来てから最も強そうな気配だと感じて、俺はそいつを鑑定する。

名前　：ブラックタイガー
レベル：108
スキル：夜目《よめ》　身体強化Lv7　咆哮《ほうこう》Lv6　跳躍《ちょうやく》Lv6　威圧Lv7　縮地Lv8
闇魔法Lv10
称号　：災害級

いやブラックタイガーってエビかよ、とは思うが、そんなふざけた名前の割にはレベルが三桁ある。

それに災害級とかいう称号もついてるし、見たことのないスキルもある。

結構便利そうなスキルだなー、なんて思っていると、突然無機質な声が聞こえてきた。

《スキル〈夜目〉〈咆哮〉〈跳躍〉を獲得しました。〈咆哮〉〈跳躍〉はそれぞれスキルレベルが10となり、〈夜目〉と共に〈武術統合〉へと統合されます》

……なんか勝手にスキル創ってもらえたんだけど。

神様からお詫びのスキルを貰って以来、かなりイージーモードな気がするんだよな……楽だからいいんだけどさ。

とりあえず、あの虎は倒さないと皆が危ない。

俺は新技を試そうと考えて、指先へとただの魔力を集中させていく。

そしてそれを圧縮《あっしゅく》していき、かなりの密度《みつど》を持った魔力の弾を作り出した。

《スキル〈魔力操作〉を獲得しました。スキルレベルが10となり、〈魔法統合〉へと統合されます》

お、今のでまた新しいスキルを獲得したみたいだな。

そんなことを思っていると、ブラックタイガーが一瞬で距離を詰めてくる。

おそらく俺の指先に集められた魔力を危険と判断したのだろう、前足を振り下ろそうとしてきた。

俺はすかさず、圧縮した魔力をそのまま撃《う》つ。

音速で射出《しゃしゅつ》された魔力の塊は、吸い込まれるようにブラックタイガーに着弾し、ズドンッという音と共にその頭部を吹き飛ばした。

頭部をなくしたブラックタイガーの死体が崩れ落ちるのと同時に、音を聞きつけたバーナーたちが駆け寄ってくる。

「ハルト！　今の音はなんだ⁉」

「何があった！」

「……おい、その死体は⁉」

バーナー、ノーカス、オールドは口々に言いながら、倒れ伏すブラックタイガーを見て固まる。その後ろにいたバッカスさんたちも、同じような反応だった。

「ブラックタイガー……らしいな」

俺がそう答えると、バーナーはますます目を丸くした。

「らしいって……ブラックタイガーは災害級の魔物だぞ⁉　一人で倒せるようなやつじゃない！」

「その災害級ってのはなんなんだ？」

さっきは称号までじっくりと神眼《ゴッドアイ》で確認できなかったんだよな。

「知らないのか？　って、ハルトは昨日冒険者登録したばかりだったな……『災害級』ってのは簡単に言えば、Aランク冒険者が数十人、あるいは国であれば軍を動員して討伐するような強力な魔物のことだ。それをお前、どうやって倒したんだ？」

うーん、実際にやって見せた方が早いかな。

「こうやってだよ」

俺はそう言って、さっきと同じように魔力を指先に集中させて魔力弾を作り上げる。

そしてバーナーたちが驚いているのを尻目に、道端《みちばた》の木に向かって放った。

少し低い位置に当たった魔力弾が炸裂《さくれつ》すると、木は吹き飛び、地面には浅いクレーターができていた。

「な……魔力を直接撃ち出した⁉ そんなことができるのか⁉」

「いやいや、そんなわけがないだろう。これは夢だよ」

「そうだな、そういえばあの窪《くぼ》みも、元々あんな地形だった気がする」

おい、現実逃避《とうひ》するな。

それからは、異空間収納にブラックタイガーの死体を入れたり、それを見たバーナーたちが俺のマジックバッグの容量に驚いたりと色々あった……のだが、俺は自分の仕事は終わったからと、さっさとテントに戻って眠るのだった。


翌朝、朝食を済ませた俺たちは再びヴァーナに向けて出発する。

昨日は旅の初日だというのに盗賊やらブラックタイガーと遭遇したから、今日は平和であってくれと思っていたのだが、昼前に気配察知に反応があった。こちらに迫ってくる魔物が一匹だ。

俺はそのことをバッカスさんたちに素早く伝え、バーナーたちと一緒に馬車を降りて襲《しゅう》撃《げき》に備《そな》える。

ほどなくして俺たちの前に現れたのは、赤い目に黒い毛並みの大きな熊《くま》の魔物だった。

「こいつはグリズリーベアじゃねぇか！　くそっ、災害級の次はA級かよ！」

驚くバーナーの声を聞きながら、俺は神眼《ゴッドアイ》を使用する。

名前　：グリズリーベア
レベル：78
スキル：威圧Lv3　身体強化Lv4　咆哮Lv2　怪力Lv3

なるほど、確かに強いな。

「なあバーナー、A級ってのはどれくらい強いんだ？」

「Fから始まってAが最上級……って言っても災害級みたいな奴らを除《のぞ》けばだが。それでも十分に強敵だ！」

緊張《きんちょう》したようにそう叫ぶバーナー。

そんな強敵に連続で遭遇すれば、バーナーたちが驚くのも納得だな。

「なるほどな。ちょっと試したいことがあるから任せてもらっていいか？」

俺はそう言うとバーナーの返事を待たずに、万能創造でイメージしたスキルを創る。

《スキル〈錬成《れんせい》〉を獲得しました。スキルレベルが10となり〈魔法統合〉へと統合され

ます》

創ったのは、魔力を媒介《ばいかい》して物質を生み出す魔法スキル、『錬成』だ。

俺は地面に手を突くと、魔力を流し込んで金属を錬成。魔力が可視化《かしか》された真紅《しんく》の雷《いかずち》が迸《ほとばし》り、槍が形成された。

さらに付与魔法《エンチャント》で、雷魔法を付与する『雷撃』と、『強刃』をつける。

「ハルト、錬成もできるのか⁉ しかもなんか付与したよな？」

バーナーの驚きの声を無視して、俺はグリズリーベアに向かって槍を構えた。

後ろ足二本で立ってこちらを威嚇《いかく》するグリズリーベアの体長は、およそ四メートル。

立ち上がれる分、ブラックタイガーより威圧感があった。

しかし俺は、怯《ひる》まず突っ込んでいく。

グリズリーベアは目の前に迫った俺へと前足を振り下ろしてきた。

俺はすかさずサイドステップで避け、雷を纏った槍でガラ空《あ》きの脇腹を突く。

グリズリーベアは体に電流が流れて一瞬怯むが、倒れることなく持ちこたえた。

「チッ、まだまだか。それならもっと痺れるやつをプレゼントしてやるぜ！」

俺は槍に魔力を流し、雷撃の威力を上げる。

さらに穂先《ほさき》に魔力を集中させて雷の球を作ると、グリズリーベアに向かって突き出すようにして放った。

先ほどよりも強力な雷撃に貫かれたグリズリーベアは、そのまま力なく倒れ伏して絶命した。

多少手間はかかったけど無事に倒せたな。

ホッとしながら異空間収納に死体を回収していると、バーナーが声をかけてきた。

「こいつも瞬殺《しゅんさつ》かよ、まあ昨日ブラックタイガーを倒してたから心配はしてなかったが……それで、その槍はなんなんだ？　なんか雷を放ってたよな？」

「ああ、錬成した槍に雷魔法を付与したんだよ……ってなんでそんな目で見るんだ？」

俺が槍について説明していると、バーナー、ノーカス、オールドの三人ともが物欲しそうな目で見つめてくる。

これは……もしかして武器が欲しいのか？

「よかったら、剣も作ってやろうか？」

「い、いいのか!?　……あまり金はないんだが……」

「いいさ、バーナーたちには色々教えてもらってるしな。お礼と思って貰ってくれ」

俺がそう言うと、バーナーたちは子供のようにパッと目を輝かせる。

オールドにはこの槍をこのまま渡せばいいとして、バーナーとノーカスは剣だな。

俺はさっきと同じように地面に手を突いて魔力を流す。真紅の雷が迸り、二本の剣が錬成された。

そして両方に『強刃』を付与し、バーナー用の剣には火魔法を付与する『炎撃《えんげき》』を、ノーカス用には風魔法を付与する『風撃《ふうげき》』をエンチャントする。
そうだ、せっかくなら鑑定でもしてみるか。

名前　：炎の剣
レア度：秘宝級《アーティファクト》
備考　：火魔法Lv２までを扱えるようになる。炎を剣に纏わせることが可能。

名前　：風の剣
レア度：秘宝級《アーティファクト》
備考　：風魔法Lv２までを扱えるようになる。風を剣に纏わせることが可能。

名前　：雷の槍
レア度：秘宝級《アーティファクト》
備考　：雷魔法Lv２までを扱えるようになる。雷を槍に纏わせることが可能。

名前そのままなんだな……このレア度ってのは何だ？

そう思って注視すると、レア度の説明が頭に流れ込んできた。

アイテムのレア度は全部で七段階。一般級《コモン》、希少級《レア》、秘宝級《アーティファクト》、伝説級《レジェンド》、幻想級《ファンタズマ》、神話級《ゴッズ》、創世級《ジェネシス》の順で上がっていく。

一般級《コモン》は名前の通り一般的に市場に出回っているものを指し、高品質なものは希少級《レア》となる。

より高品質で特殊《とくしゅ》な効果を持つものは秘宝級《アーティファクト》と呼ばれ、迷宮《ダンジョン》からも出てくる。

伝説級《レジェンド》は、名工により作られたもののうち、最上級の品質のものを指す。一般的な製法でできる最上のレア度は伝説級《レジェンド》とされており、それなりの数の存在が確認されている。ごくたまに、秘宝級《アーティファクト》アイテムからレア度がアップすることもあるらしい。勇者に与えられる武器も、ほとんどがこのレア度のもの。

幻想級《ファンタズマ》となると一気に数が減り、現在確認されているのは両の手で数えられる程度。伝説級《レジェンド》アイテムが長い年月をかけて強化されることで生まれる。どれも強力で、強大な効果を持つ。

ここまでは、難易度の差はあれど現代でも手に入れられるものだが、これより上のレア度についてはほぼ確実に入手不可能とされている。

神話級《ゴッズ》は、世界が生まれ、神々が活躍した時代に作られたとされるもの。アイテムに認められなければ使用することができない。こちらは実際に使われていた記録があるが、残っているのは記録のみで、アイテムそのものは全てが行方《ゆくえ》不明となっている。

創世級《ジェネシス》は、世界が始まった時に存在したと伝承《でんしょう》されるアイテム。持ち主に世界を破壊するほどの力を与えるが、神話級《ゴッズ》同様にアイテムに認められなければ使用することができない。伝承には残っているものの、実在するかすら不明とされている。

以上がこの世界でのアイテムのレア度なのだが……俺が適当に作っただけの武器でも、レア度は秘宝級《アーティファクト》になるんだな。

やっぱり付与してるからレア度が上がったのかな。

ま、バーナーたちが喜んでるから細かいことはいいか。


バーナーたちが一通り喜び終えたところで、俺たちは再び出発した。

バッカスさんによると、今日は野営ではなく途中にある村に泊まるらしい。

およそ三時間で到着するとのことで、引き続き護衛として警戒していたのだが、さっそく新しい武器を使いたいらしいバーナーたち三人は、ずっとソワソワしていた。

そして、俺が気配察知に反応があったことを伝える度に、待ってましたと言わんばかりに飛び出して、Cランクである三人には格上であるはずのB級の魔物に勝てたと嬉しそうに報告してきた。

そんなこんなで無事に村に到着したのだが、村は荒《あ》れ果てていて、人の姿もなかった。

「バッカスさん、この村っていつもこんな感じなのか？」

「いえ、部下の話ではそんなことはなかったのですが……」

俺の言葉にバッカスさんが首を横に振ると、バーナーが顎《あご》に手を当てながら口を開いた。

「ここで悩《なや》んでいてもしょうがない、俺とハルト、バッカスさんで村人に話を聞いてみないか？　ノーカスとオールドは、何があるか分からないからここで馬車と商会の人たちを守っててくれ」

そんなバーナーの提案に俺たちは頷き、二手《ふたて》に分かれることになった。

俺とバッカスさん、バーナーの三人は、村で一番大きな建物へと向かう。

扉をノックすると、あっさりと開いて七十代後半くらいの老人が出てきた。

「なんですかな？」

「突然すまない。この村に泊まらせてもらおうと思ってやってきた旅の者なんだが……ずいぶんと荒れ果てているが、この村に何があったんだ？」

俺が尋ねると、老人は「……立ち話も何ですので、とりあえず中で話しましょう」と案内してくれる。

リビングらしき部屋で俺たちが席につくと、老人は重々しく口を開いた。

「まずはピリオ村へようこそ、旅人さん方。私は村長をしているカールじゃ。それで、この村に何が起きているのかじゃが――」

そう前置きしてから、村長は村が荒れ果てている理由を語ってくれた。

どうやらここ最近、この村はとある魔物に襲われるようになったらしい。

畑は荒らされ、農作業をしてもその魔物が襲ってくるため、保存食を消費してしのいでいるとのこと。

しかしすぐに去るだろうと思っていた魔物はなかなか村を離れず、とうとう保存食もつきかけたので、近隣《きんりん》の街へ討伐依頼を出そうと考えていた……と、そこへ俺たちがやってきたのだとか。

「なるほど、そういう事情が……」

「うむ……それで、もし旅人さん方が冒険者じゃったら、ランクを聞きたいのじゃが……」

その言葉に、バッカスさんが頷いて答える。

「ああ、この人は商人だが、俺と隣のこいつが護衛依頼中の冒険者だ。あとはここまで乗ってきた馬車の方にも、俺のパーティのメンバーが二人いる」

そう言って、バーナーはバッカスさんと俺を順に指し示してから自己紹介をする。

「俺はバーナー、Cランク冒険者だ。パーティメンバーの二人もCランクだな」

村長は「なるほど、Cランクか……」と少し気落ちした様子で俺を見てくる。

「俺は晴人だ。ランクはBだな」

「ほう、その若さでBランクとは凄いですな……しかし今回の魔物相手では……」

ますます難しい顔をする村長に、バッカスさんが問いかける。

「横からすみません、私は彼らを雇《やと》っている商人のバッカスと申します。その、今回の魔物というのは……？」

「うむ、実はA級の魔物、メフィストバードなのじゃ……高速飛翔《こうそくひしょう》と厚い皮膚《ひふ》が特徴《とくちょう》で、なかなか攻撃を加えることができず、並の武器では当たっても傷がつかないという厄介な奴でのう。立ち向かった村の若い衆が何人も犠牲《ぎせい》になってしまったよ」

そこで一息ついて、村長は続ける。

「奴を倒すには、Aランクパーティでないと難しいじゃろう。そう思ってランクを聞いたのじゃが……」

残念そうな村長だったが、バーナーが明るい声で言った。

「なるほど、それなら任せてくれていいぞ」

え？　と思ってバーナーの方を見ると、バッカスさんもこちらを見つめていた。

……まさか。

「「ハルト（さん）なら倒せるだろ（でしょう）？」」

やっぱりそうきたか。

「いや、空飛ぶ魔物と戦ったことないし……」

俺がそう言うと、村長も頷く。

「でしたらますます難しいでしょうな。それにランク差もあるし……」

「「いやいや、ハルト（さん）なら大丈夫だ（でしょう）」」

またしても声を揃《そろ》えるバーナーとバッカスさん。

「……はあ、やればいいんだろ」

諦《あきら》め気味にそう言うと、村長が驚いた様子でこちらを見る。まさか引き受けるとは思っていなかったのだろう。

「そこまで自信がある理由を聞いてもいいですかのう？」

そんな村長の言葉を受けて、バーナーが「ハルト、アレを見せてやれ」と言ってくる。

俺は頷いて皆を連れて建物の外に出ると、異空間収納から頭がなくなったブラックタイガーの死体を取り出して地面に置いた。

突然現れた巨体に、村長は愕然《がくぜん》とした様子で言葉を絞り出す。

「……今のはマジックバッグ……いえそれより、これは……」

その言葉に俺たちは声を揃えて答えた。

「「ブラックタイガーだな（ですね）」」

「えっと……もしかして倒したのは……」

バーナーとバッカスさんが無言で俺を指さすので、俺も素直に答える。

「俺一人だな」

村長は口をあんぐりと開けて、とうとう何も言えなくなってしまった。

俺はブラックタイガーを再び収納すると、建物に戻るように促す。

そして席についてようやく気を取り直したのか、村長が深く頭を下げてきた。

「皆さんの言うことを信じましょう。ハルトさんと言ったかな……君にメフィストバードの討伐を頼みたい。報酬は金貨五枚と少ないのじゃが……どうかこの村のため、お願いするのじゃ！」

「……一つだけ聞きたいことがある」

俺が言うと、村長は顔を上げる。

「メフィストバードの肉は美味いのか？」

その俺の質問に一瞬だけポカンとした村長だったが、すぐに頷いた。

「う、うむ。メフィストバードの肉は余計な脂がなく、とても美味しいと評判じゃ。高級食材として流通しておる」

お、それなら期待できそうだな。

「分かった。討伐の依頼を受けよう」

「ほ、本当ですか⁉　ありがとうございます！」

いまだに信じられないといった表情を浮かべる村長へと、俺は言葉を続けた。

「それじゃあ今から宴《うたげ》の用意でもしててくれ、今夜は御馳走《ごちそう》だぞ」

「は？　今夜ですか？」

「ああ、ちょっと今から倒してくるわ」

コンビニに行くかのような軽い調子でそう言うと、村長が声を上げる。

「そ、それは流石に無理じゃ！　いくらブラックタイガーを倒すほどの猛者《もさ》だからといって、なんの準備もなしに倒せるような相手ではない！　お二人も何か言ってくだされ！」

村長はそう言ってバッカスさんとバーナーを見るが、二人とも苦笑している。

「まああ村長さん、ハルトさんを信じて待ちましょう」

「ああ、むしろ急いで準備しないと、ハルトが一狩り終えて戻ってくる方が早いかもしれないぞ？」

村長はそれで何も言えなくなってしまった。

「そんじゃ行ってくるわ……村長さん、期待して待っててくれ」

「う、うむ……」

「ええ、気を付けてくださいね」

「早く美味い肉を食わせろよな」

村長とバッカスさん、バーナーに見送られて、俺は建物を出るのだった。

第8話　新しい武器

村から少し離れた畑に足を運ぶと、いきなり気配察知に反応があった。

その場所は――

「上か」

目を向けた途端、巨大な鳥が突っ込んできた……いきなりかよ！

俺がとっさに後ろに跳んで突撃を回避《かいひ》すると、地面が揺れると共に砂ぼこりが舞い上がる。

数秒経って砂ぼこりがおさまった頃には、直径二メートルほどのクレーターがあるのみで、鷲《わし》に似た鳥の魔物はいつの間にか上空を旋回《せんかい》していた。

あのスピードにこの威力、流石A級だな。とりあえず鑑定するか。

名前　：メフィストバード
レベル：74
スキル：飛行Lv６　風魔法Lv４　加速Lv３

称号：突撃野郎

なんか変な称号あるけど……それより加速ってどんなスキルだ？

《スキル〈加速〉を獲得しました。スキルレベルが10となり〈武術統合〉へと統合されます》

またしても万能創造が勝手にスキルを創ってくれたので、詳細を確認する。

〈加速〉

自身の魔力を使いスピードを一瞬だけ加速させる。

なるほど、このスキルが高速飛翔の正体か。

そう思っていると、メフィストバードが再びこっちに突っ込んできているのが見えた。

正直、目視《もくし》できるなら怖い攻撃じゃないな……

風魔法を使って気流を乱してやると、メフィストバードは見当違いの場所に墜落《ついらく》する。

「GUGYAAAAAAAAAAAA！」

起き上がってこちらを睨みつけたメフィストバードは、再び落とされるのを警戒してか飛び上がらず、まっすぐに走って突進してきた。

あっ、称号の突撃野郎ってそういう……

俺は身体強化を発動して突進をかわすと、そのまま胸元に蹴りを入れて数メートル上空へと蹴り上げる。

そしてそこへ、大量に魔力を込めたファイヤーボールを複数同時にぶち込んだ。

ファイヤーボールは着弾した瞬間に轟音《ごうおん》を立て、一瞬でメフィストバードを焼き上げて絶命させた。うん、ほどよい焼き加減みたいだ。

俺は上空から降ってきたメフィストバードを、地面に落ちる前に異空間収納にしまい込む。

……なんか、ずいぶんあっさり倒せちゃったな。夜までかからなかったわ。

もうちょっと骨のある奴だと思ってたけど……やっぱり、かなりイージーモードだよな、これ。

すぐに村に戻ると、広場でバッカスさんたちや村人たちと一緒に宴の準備をしていた村長が俺に気付き、心配そうな顔で聞いてきた。

「もう戻られたのか。先ほど大きな音がしたようじゃが……何か問題でも発生したのかの？」

「いや、討伐が終わったから戻ってきたんだ」

そう言ってこんがり焼けたメフィストバードを異空間収納から取り出すと、村長が口を開けて唖然としていた。まあ、こんなに早く戻ってくるとは思ってなかったんだろう。

そしてそのやり取りを見ていた村人たちが、ようやくメフィストバードが倒されたという事実に気付いたようで、大歓声を上げた。

「まさか本当に討伐できるなんて！」

「すぐに宴だ！　酒を持ってこい！」

「ありがとう、冒険者様！」

村人たちから感謝された俺は、改めて宣言する。

「メフィストバードは俺が討《う》ち取った！　今日は宴だ！」

その言葉に、バッカスさんたちも歓声を上げ、宴の準備が本格的に始まった。

皆よっぽど嬉しかったのだろう、あっという間に準備が整い、メフィストバードが切り分けられて調理されていく。足りなかった食材は、バッカスさんが無償《むしょう》で提供してくれた。

討伐した張本人である俺はといえば、料理が完成する度に村人が持ってきてくれるので、それらを次々に食べてすっかり宴を楽しんでいた。

「ほら、あんたが倒したんだから食え。お好みでこのタレを付けてな。きっと美味しいぞ」

「ありがとう。いただくよ」

シンプルに焼かれた肉が載った皿を受け取った俺は、素手《すで》で掴んで豪快《ごうかい》にかぶりつく。

うん、肉自体の食感と味は鶏肉に似てるけど、はるかにジューシーだな……こっちのタレはどんな味だ？

肉と一緒に渡された味噌《みそ》っぽいタレをつけると、また違った味が楽しめた。

食うのに夢中になっていたら、また別の村人がコップを両手に持ってやってきた。

「よう、村を救ってくれた上にメフィストバードの肉までありがとな！　戦いの話とか旅の話を聞かせてくれよ！」

俺は手渡されたコップに入っていたジュースを飲みながら、その村人と談笑する。

しばらくそうしていると、村長がやってきた。

「ハルトさん、本当にありがとうございました。お陰でこの村は救われました。少ないですが報酬の金貨五枚です。受けとってくだされ」

村長がそう言って革袋を渡してくるが、俺は「いらない」とだけ答えて突き返す。

「じゃ、じゃが……」

「俺は金が欲しくて依頼を受けたわけじゃない。メフィストバードの肉が美味いと聞いたから受けたんだ……だから報酬は、この肉で十分だ」

「そうは言っても……」

「俺がやりたくてやっただけだから気にしないでくれ」

そこまで言うと村長はようやく納得したのか笑みを浮かべる。

「うむ、それではたっぷりと宴を楽しんでくだされ」

「ああ、そのつもりだ！」

俺も笑顔でそう返して、心ゆくまで宴を楽しんだのだった。


すっかり満喫《まんきつ》した俺たちは、お礼だからと村の宿に無料で泊めてもらい、翌朝、村人たちに見送られて出発した。

その移動中、俺は警戒をバーナーたちに任せ、自分用の武器を制作していた。

何せ今俺が持っているのは市販の剣で、自分で錬成した方が高性能という有様《ありさま》。

そのため自分用の武器として、刀を作っているというわけだ。

なぜ普通の剣ではなく刀にしたかというと、かっこいいから、ただそれだけである。

さて、せっかく自分用に武器を作るのだから、普通の素材を使っては面白くない。

ということで、俺はまず、地中からかき集めた砂鉄《さてつ》を錬成して鉄塊《てっかい》を作った。

そこに魔力をなじませて、鉄塊を変質させていく。

ただ、この魔力をなじませる作業には膨大《ぼうだい》な時間がかかる。

そこで活躍するのが、収納内の時間を操《あやつ》れる異空間収納だ。

鉄塊に魔力を流し込んでから異空間に収納。鉄塊の時間の進み方のみを、現実の一分で百年分進むように超加速。一分経ったら取り出してまた魔力を流し込み、異空間に収納。

これを千年分繰《く》り返すことで、通常ではありえない密度の魔力を秘めた素材が出来上がった。

名前　：魔鉄塊《まてっかい》
レア度：伝説級《レジェンド》
備考　：魔力を豊富に含んだ黒い魔鉄。

うわ、伝説級《レジェンド》ってマジかよ……まあ誰にも真似《まね》できない素材だから当然かもしれないけど。

鑑定の結果に満足した俺は、魔鉄塊に全魔力を注ぎ込んで、刀へと錬成していく。

三十分近くかけることで出来上がったのは、刃渡り七十五センチの、黒い刀身の刀だ。

俺はワクワクしながら、完成したそれを鑑定する。

名前　：黒刀《こくとう》Lv1
レア度：伝説級《レジェンド》
備考　：晴人により作られた刀。倒した魔物を経験値として吸収することで進化する。

レベル10で進化。


よしよし、完成後もレア度は伝説級《レジェンド》か。十分だな。

というか、アイテムなのにスキルレベルみたいにレベル表記があるんだが……

それに備考欄《らん》、吸収とか進化ってどういうことだ……？

まあ、吸収の方は後で試してみるか。

俺はそう気持ちを切り替えて、余った材料で鞘《さや》を作ると、刀を収めた。

それから一時間ほど移動したところで、気配察知に複数の魔物の反応があった。

一つはかなりデカいみたいだが……

バーナーたちに魔物の接近を伝え、警戒態勢に入る。

ほどなくして現れたのは、棍棒《こんぼう》を持った緑の小人が三十四と、そいつの造形をそのままに二回り以上大きくした、斧《おの》をもった緑の巨人だった。

おっ、まさかあれが異世界モノで出てきがちなゴブリンってやつか？

動物型ではない、いかにも異世界っぽい魔物にようやく出会えて、俺はテンションが上がりながら鑑定する。

名前　：ゴブリンジェネラル

レベル：50
スキル：斧術Lv5　身体強化Lv4　統率Lv3　闇魔法Lv3

名前　：ゴブリン
レベル：5
スキル：棒術Lv1

「なっ、なんでこんな所にB級のゴブリンジェネラルが⁉　この街道《かいどう》、A級とかB級が次々に出てくるような道じゃないはずだろうが‼」

「ハルト、悪いがジェネラルの相手を頼まれてくれないか？」

「俺たち三人で残りの雑魚《ざこ》を殺るから任せたぞ！」

バーナー、ノーカス、オールドは口々に言って、俺の返事も聞かずに駆けていく。

「ちょ、お前ら――」

三人で突っ込んだらバッカスさんたちを誰が守るんだよ！

そう文句を言おうとした瞬間、ゴブリンジェネラルが闇属性の初級魔法、ダークボールを放ってきたので、とっさにかわす。

その間に、バーナーたちはゴブリンと切り結び始めていた。

っタく、しょうがないな。
俺は万能創造で、結界魔法を作成する。
《スキル〈結界魔法〉を獲得しました。スキルレベルが10となり〈魔法統合〉へと統合されます》
結界魔法の効果は次のようなものだ。

〈結界魔法〉

障壁《しょうへき》を任意の場所に展開できる。


よし、これで馬車の周りに結界を張って、と……

その隙に迫っていたゴブリンジェネラルが斧を振り下ろしてきたので、すかさずバックステップで回避する。今のはちょっとギリギリだったな。

「並列思考のお陰で余裕があるとはいえ、相手次第じゃそもそも時間が足りないこともあるんだよな……」

そう呟いた瞬間、いつものアナウンスが流れてきた。

《スキル〈思考加速〉を獲得しました》

……もはや驚くまい。

さっそく思考加速を発動すると、目に映る景色が止まった。

いや、正確には少し動いている。俺の思考速度が上がったことで、ゆっくりに見えているのだ。

ちょっとこれは加速しすぎだな……加減が難しそうだし、ここは並列思考だけで乗り切るか。

俺は思考加速を解除して、ゴブリンジェネラルが至近《しきん》距離で放ってきたダークボールを、光属性の初級魔法、ライトボールで相殺する。

「……GU？」

ゴブリンジェネラルは、予想外の出来事にキョトンとしている。

俺はその隙を逃さず、さっき作ったばかりの刀を抜き放って一閃《いっせん》した。

《スキル〈抜刀術《ばっとうじゅつ》〉を獲得しました。スキルレベルが10となり〈武術統合〉へと統合されます》

そのアナウンスと同時に、俺は抜いていた刀を収める。

そして鍔《つば》と鞘が当たりカチンッという音が小気味《こきみ》よく鳴った瞬間、ゴブリンジェネラルの頭が落ち、巨体が音を立てて倒れた。

流石伝説級《レジェンド》、申し分ない切れ味だな。

そうだ、黒刀の備考にあった吸収ってやつを試してみるか。

俺は刀を再び抜き、ゴブリンジェネラルの死体に近付けて吸収するように念じる。

すると死体が虹色《にじいろ》に輝き出し、そのまま粒子《りゅうし》となって刀身へと吸い込まれていった。

《黒刀のレベルが2になりました》

お、さっそくレベルが上がったな。

レベル10までさっさと上げて、どうなるのか確認したいところだが、どれだけ時間がかかるか分からない。ま、そこまで急ぎじゃないし気長《きなが》にやってくか。

そう思いながらバーナーたちを見ると、そちらもすでに片付いて、俺の方に向かって歩いてきていた。

三人とも、ゴブリンジェネラルの死体が刀に吸い込まれるのを見て何か言いたげな様子だったが、俺がニヤリと笑うと何も言わずにため息をついた。

「……相変わらずよく分からんことをする奴だが、説明してもらっても結局理解できんままだろうな……それにしても、ゴブリンジェネラルをあんなに早く倒しちまうなんて流石だぜ」

「気にはなるがな。まあ全部、ハルトだからで説明がつくだろ？」

「ノーカスの言う通りだぞバーナー。ハルトだからだ」

「ノーカス、オールド……それもそうだな。ハルトだから、だな！」

三人はそう言って、強く頷き合っている。

「おいおい、俺だからってなんだよ、理由になってないだろ」

そう不満げに言うも、三人はやれやれといった調子で首を横に振った。なんかムカつくな。

すると安全が確保できたのを確認したのか、バッカスさんが馬車から降りて声をかけてきた。

「皆さんお疲れ様でした。ヴァーナまであと少しですから、引き続きお願いしますね。あの街の料理は美味しいですよ」

美味い飯と聞いて、俺たち四人は有頂天《うちょうてん》になる。

再出発してからも、幾度《いくど》となく魔物が襲いかかってきたが、テンションが上がった俺たちの敵ではない。

素材を剥ぎ取れば飯代になるということもあって、俺たちは魔物を発見し次第、馬車を飛び出していき、あっという間に殲滅《せんめつ》するのだった。


そんなこんなで移動すること一時間。

少し遠くに街の影が見えてきた。

「あれが国境の街、ヴァーナです！」

バッカスさんが元気よくそう言うと同時に、俺たちの腹が盛大《せいだい》に鳴る。

「そんなにお腹空《す》いてるんですか……」

バッカスさんが苦笑しながら言ってきたので、俺は握り拳を作って力説した。

「当たり前だ！　街に着いたらすぐに冒険者ギルドで素材を換金《かんきん》してもらって即飯だ！」

そんな俺に追従《ついじゅう》するように、バーナーたちも声を上げる。

「ハルトは分かってるな！」

「今日は食いまくるぞ！」

「飯が楽しみだぜ！」

俺たちの反応に、バッカスさんはやはり苦笑を浮かべるのだった。

それからすぐに門へと辿り着いた俺たちは、ワークスの街同様に、商人専用の入口に並ぶ。

さほど待たずに順番となり、門番が話しかけてきた。

「商人証の提示を――ってバッカスさんでしたか。そちらの方々は護衛ですか？　身分証の提示をお願いします」

バッカスさんって顔が広いんだな、なんて思いつつ、俺とバーナーたちは冒険者カードを見せる。

門番は俺のカードを見て「この若さでBランク⁉」と驚きながら、無事に通してくれた。

さあ、お待ちかねのヴァーナの街だ！

第９話　ヴァーナ

流石国境の街というべきか、ヴァーナの街は想像以上に賑わっていた。

俺たちは冒険者ギルドに向かうため、商会へと向かう道の途中で馬車から降ろしてもらう。

そしてその別れ際《ぎわ》、バッカスさんが思い出したように言ってきた。

「そうでした、ハルトさん。この街でも、私の商会の宿を無料で使えるようにしておきますので是非《ぜひ》お使いください。バーナーさんたちもご一緒にいかがです？」

「いいのか？　ワークスでも世話になったから申し訳ないんだが……」

「俺たちもいいのか？」

俺とバーナーが聞くと、バッカスさんは頷く。

「ええ、気にしないでください、皆さんには助けられましたので、それくらいお安い御用《ごよう》ですよ」

そう言ってにこやかに笑うバッカスさんを見て、俺は再びお言葉に甘えることにするのだった。

とりあえず宿の場所だけ聞いてから、俺はバーナーたちと一緒に、予定通り冒険者ギルドへと向かう。

そこら中から美味しそうな匂いが漂《ただよ》ってくるが、ぐっとこらえて一直線にギルドを目指す。

そうして辿り着いた冒険者ギルドの建物は、ワークスの街のそれより大きかった。

中に入ると、外観《がいかん》同様に、ワークスのギルドよりも繁盛《はんじょう》していた。

俺たちはまっすぐに受付へと行き、冒険者カードを提出して依頼完了の報告をする。

「……はい、確認しました。これで依頼は完了です。こちらが報酬金になります」

「ああ、ありがとう。それと素材も買い取ってもらいたいんだが……」

俺がそう言うと、受付嬢はにっこりと笑う。

「分かりました。このカウンターでも買い取りはできますので、台の上に素材を出してください」

その言葉に従って、俺たちはゴブリンやグレイウルフなどの魔物の素材を出していく。

するとバーナーが思い出したように言ってきた。

「アイツはどうするんだ？」

「アイツ？　あぁ、あいつか……どうするかな」

いつ売れるか分からないし、ここで出しとくか。

俺たちの会話を不審《ふしん》に思ったのか、受付嬢が首を傾げて尋ねてくる。

「どうかされましたか？」

「ああ。実はこれ以外にも売りたいものがあるんだがな、大きすぎてこの台に載りきらないんだよ。どうしたらいい？」

受付嬢はジロジロと俺を見つめて、少し不愉快《ふゆかい》そうな表情を浮かべた。

「……マジックバッグをお持ちみたいですけど、台の上に載せられないサイズのものが入るほどの高級品ではないでしょう？　私たちも暇《ひま》ではないので、そのような冗談には付き合えないのですが……」

その声のトーンに、周囲にいた冒険者たちが俺たちに注目する。

若干の居心地《いごこち》の悪さを感じながら、俺はバーナーに目配《めくば》せした。

バーナーは肩をすくめ、「出してやれよ」という顔をした。

「……じゃあ、これから出すけど、騒がないでくれよ？」

「はぁ……分かりましたから早くしてください」

まあ俺が言っていることを信じられない気持ちも分からなくはないので、ひとまず受付嬢の無礼《ぶれい》な態度はさておいて彼女に背を向ける。

そしてギルドの床に、異空間収納から取り出したブラックタイガーとグリズリーベアの死体を置いた。

かなりのサイズがあるせいで上部が天井に当たっており、ミシミシという不吉な音も聞こえる。

受付嬢と周囲の冒険者たちは、何も言えずに固まってしまっていた。

一分ほどそのままだったのだが、ようやく復活した受付嬢が大声を上げる。

「こ、これは⁉」

ものすごい目でこっちを見てくるので丁寧に答えてやる。

「見ての通り、ブラックタイガーとグリズリーベアだな」

「じょ、冗談ですよね？」

「いや、実際に目の前にあるんだし……で、こいつを買い取ってもらいたいんだが」

そう言うと、受付嬢はまたしてもフリーズしてしまった。

一方で、冒険者たちは徐々に復活してきており、「おいおい、ブラックタイガーなんて初めて見たよ」「グリズリーベアも、こんなに傷がない死体は初めてだ」などと騒がしくなってくる。

そしてまた一分くらい経ったところで、受付嬢が意識を取り戻した。

「はっ！　私は何を⁉　さっき変な冒険者がブラックタイガーとグリズリーベアを買い取れとか言ってきた気がするんだけど――」

俯《うつむ》いて目を擦《こす》っていた受付嬢は、顔を上げて正面を見た瞬間に、俺と目が合ってまた固まってしまった。

なんかこの人面白いな。

するとその時、奥にある階段の上から大声が聞こえた。

「うるさいぞ、お前たち！　もっと静かにせんか！　……なんだその死体は。誰が持ってきたんだ」

そんな声と共に階段を下りてきたのは、五十代後半くらいに見えるおっさんだった。

受付嬢はハッと気が付くと、おっさんへと助けを求めるように声を上げる。

「ギルドマスター！　どうにかしてください‼」

あのおっさん、ギルドマスターだったのか。

「どうしたローナ、状況を説明しろ」

「この冒険者たちが、そっちの死体を買い取れって言ってきたんです！」

そしてこの面白受付嬢はローナって名前なのか。

なんてどうでもいいことを考えていると、ブラックタイガーとグリズリーベアの死体と俺たちを睨んで見比べていたギルドマスターが声をかけてくる。

「……ちょっとそこの君たち、ギルドマスター室まで来てくれ」

ちょっと待て、なんで俺たちが悪いみたいな雰囲気出してんだよ！

抗議《こうぎ》しようとした瞬間、バーナーが声を上げた。

おお、やっぱ先輩冒険者はこういう時頼りになるな！

「そっちの死体は俺たちのパーティには関係ない。コイツ個人のものだ」

「ちょっと待てバーナー⁉」

慌《あわ》ててノーカスとオールドを見ると、二人はウンウンと頷いていた。

「そうだな、俺たちはCランクだしな」

「ああ、俺たちに災害級やA級が倒せるはずがないもんな」

「お前らまで⁉」

ちくしょう、頼りにした俺が間違いだったよ！

俺はバーナーたちを睨みつけるが、当の三人は下手な口笛を吹きながら、そそくさとギルドを出ていってしまった。

ギルドマスターはそんな三人を見送ってから、俺をじっと見つめてきた。

「それじゃあ君が来てくれ……ところで君はマジックバッグ持ちなのか？」

俺は諦めておとなしく付いていくことにして、質問に答える。

「……あ、ああ」

「まだ若いのに、こいつらが入るほどのマジックバッグ持ちか……分かった、収納しなおしてから付いてきてくれ。天井も嫌な音を立ててるしな」

「待ってくれ！」

俺は素直に頷き、後に続いてギルドマスター室へと向かう。

そしてギルドマスターは、俺が応接用の椅子に座るなり口を開いた。

「さて、私はこの街の冒険者ギルドでギルドマスターをしているバラードだ。あれを君が倒したというのは本当か？」

変に誤魔化《ごまか》さない方がいいだろうと判断して、正直に答えることにした。

「ああ、そうだ。それと、ワークスのギルドマスターのダースさんからこれを預かっている」

「ダース？」

俺はそう言って、ダースさんから渡されていた推薦状をバラードさんに手渡す。

「これは……そうかそうか。ダースが言っていたハルトってのはお前さんのことだったか」

「ん？　ダースさんが言ってたって？」

「早馬で報《しら》せが来ていてな。Aランク昇格《しょうかく》の推薦状を持たせているから、手続きを進めておいてくれと言われたんだ」

そういえば早馬を飛ばすとか言ってたっけ。

俺が納得していると、バラードさんは言葉を続ける。

「推薦状も受け取ったし、ブラックタイガーやグリズリーベアを倒したというのなら実力的にも申し分ない。手続きを進めておこう……そうだな、カードは明後日《あさって》にはできるから、その頃にまた来てくれ。それと死体も買い取らせてもらうよ、ギルドの裏にでも置いておいてくれ。金はカードを渡す時に一緒でいいか？」

まあ護衛の報酬は現金で貰ったし、明後日くらいなら待つか。

「分かった」

バラードさんは満足げに頷くと、少し不思議そうに聞いてきた。

「それにしても、よく単独で災害級を倒せたな？　そこまでの実力があるのに、なんで冒険者登録もしてなかったんだ？」

「辺境《へんきょう》の村をようやく出られたばかりだからな」

そういうことにしておいた。

「……まあ詮索《せんさく》はせんさ。ただ一応、ギルド本部には報告させてもらう。Aランクに昇格したことを伝えねばならんし、理由も必要だからな。かまわないな？」

これぱかりは仕方ないので素直に頷いておいた。

「すまんな。それではまた二日後に」

「ああ、よろしく頼む」

そうして俺はギルドマスターの部屋を出て、建物の裏に向かう。

異空間収納からブラックタイガーたちの死体を出した時の、さっきの騒ぎを知らない職員たちの驚いたような反応がちょっと面白かった。

よし！　これでようやく飯が食えるぜ！　あいつら俺のこと置いていきやがって、覚えてろよ……

ギルドを出てしばらく歩くと、バーナーたちはすぐに見つかった。

ガラス張りになっていて店内の様子がよく見えるレストランで、こちらに気付く様子もなく食事をしている。

人を置いていった挙句に悠々《ゆうゆう》と食事中とは、いい御身分じゃないか……罪は重いぞ？

俺はバレないように注意しながら、レストランに入っていく。

そうだ、せっかくだからちょっと驚かせてやるか。

俺は万能創造で、気配と姿を消すスキルを創る。

《スキル〈気配遮断《しゃだん》〉〈ステルス〉を獲得しました。それぞれスキルレベルが10となり、〈気配遮断〉を〈武術統合〉、〈ステルス〉を〈魔法統合〉へと統合されます》

俺はその両方を発動して、バーナーたちの背後に忍《しの》び寄って声をかける。

「お前らいいもん食ってんじゃねーか？」

突然聞こえてきた俺の声に、バーナーたちはキョロキョロと辺りを見回すが、俺の姿は見えていない。

「なんか、ハルトの声が聞こえた気がするんだが……」

「あ、ああ……気のせいじゃないよな？」

「確かに聞こえたような……」

オロオロとするバーナーたちの背後で、俺はスキルを解除する。

急に現れた俺に気付いた三人は、俺と目が合うと悲鳴を上げた。

「「「ぎゃぁぁぁあ‼　で、でたぁぁぁあ‼」」」

店中の視線が俺たちに集まったので、三人の頭を殴《なぐ》って黙らせた。

俺は三人と同じテーブルに座ると、近くを通りかかったウェイトレスにバーナーたちと同じものを注文する。

料理が来るまでの間、バーナーたちは何も言わずに震えていて、俺と目を合わせようとしなかった。

「お待たせしました。ヴァーナステーキです」

待つことしばし、ウェイトレスが持ってきたのは、香辛料のスパイシーな匂いを漂わせた分厚《ぶあつ》いステーキだった……何の肉だこれ？

「あ、あの……ハルトさん？」

恐る恐るといった様子でバーナーが話しかけてきたので、俺は肉を切り分けながら答える。

「なんだ？　あ、お前ら俺を放置して逃げたんだから、今日はお前らの奢《おご》りな」

「くっ、何も言い返せねぇ……分かった、武器を作ってもらった恩もあるしな！　好きに食え！」

俺はその答えに満足して、遠慮なく肉にかぶりつく。

カリッと香ばしい表面と、肉汁が溢《あふ》れる柔らかい中身に、思わず笑みを浮かべてしまった。

脂はしつこくなく、獣臭《けものくさ》さもない。まるで口の中でとろけるようだった。

「美味い！」

そう声を漏らすと、バーナーたちが自慢げに言ってきた。

「だろ？　ずいぶんと探し回ってようやく見付けた店だからな！」

「かなり大変だったが、最高の店だぜ」

「相当評判らしいからな」

なるほど、それならこの美味さも納得だ。

それから俺たちは、依頼達成の打ち上げということで、全メニューを制覇《せいは》する勢いで食べまくった。

そうしてすっかり堪能《たんのう》したところで、バッカスさんに聞いていた宿へと向かう。

宿はかなり大きく、加えて大浴場まであった。

この世界に来てから、風呂《ふろ》なんてろくに入れていなかったので、俺は喜んで疲れを癒《い》やす。

「ふぅ～、やっぱり日本人としては風呂は外《はず》せないよな……」

「何言ってんだハルト？」

「気にすんな」

バーナーたちは不思議そうにしていたが、俺が誤魔化すと何事もなかったかのように再びのんびりとする。

久々の風呂でしっかり疲れが取れたお陰で、その夜はぐっすり眠れたのだった。

第10話　フィーネ

翌日、冒険者カードの受け取りまで一日空《あ》いているので、俺はバーナーたちと一緒に街を散策《さんさく》することにした。

せっかく飯が美味い街に来たのだから、食い倒れツアーにしようということで、バーナーたちと意見が一致している。

まずは最初の目的地として、バッカスさんにおすすめしてもらった中央広場へと向かった。

「予想より広いな」

「広い」

「広いな」

バッカスさんたち三人はよほど圧倒されたのか、同じような言葉を繰り返す。

中央広場はざっとサッカーコート二面分ほどの広さがあり、中央には大きな噴水《ふんすい》があった。

そして広場の外縁《がいえん》部には多くの露店が立ち並び、噴水と外縁の露店の間にも、また露店があったり食事用のテーブルがあったりと、結構ごちゃごちゃしている。

そして何より、地元住民らしき人や商人、観光客まで多くの人が行き交っており、ちょっとした祭りのような活気があった。

「そこの冒険者さんたち、これ一つどうだい？　焼きたてで美味しいぞ！」

辺りをキョロキョロと見回していると、すぐそばの露店のおっさんから声をかけられた。

「なんだそれは？」

「これはモウーの肉を焼いたものだ。美味いぞ！」

そう言って、肉が刺さった串《くし》を差し出してくるおっさん。

モウー？　なんか牛みたいな名前だな。

どうしよう、結構いい匂いだから買ってみるかな……なんて思っている間にバーナーたち三人はおっさんに大銅貨を渡して、肉にかぶりつこうとしていた。

「いや、早《はえ》えよ⁉」

俺はそう突っ込みつつ、自分も大銅貨を渡して串肉を買う。

「はい、毎度！」

俺たちは、その場でさっそく串にかぶりついた。

「「「「美味い‼」」」」

うん、やっぱり牛肉っぽい味だな。

もう一本買いたいところだったが他のものが食べられなくなるので我慢《がまん》して、モウー串の露店を離れる。

それからしばらく、あれも美味しそうこれも美味しそうと騒ぎながら、俺たちは広場をうろついた。

すると突然、少女と男の言い争うような声が聞こえてきた。

「やめてください！」

「いいじゃねえか、ちょっとだけだから来てくれよ」

そちらに目を向けると、フードを被った少女が冒険者らしき四人組に言い寄られていた。

乱暴なことはしていないようだが、なかなか引く様子もない。

見ていて気分が悪かったので、俺はフードの少女と冒険者たちの間に割り込んだ。

「誰だお前は？」

冒険者四人組のリーダーっぽい奴が、ナンパを邪魔《じゃま》されてあからさまに不機嫌《ふきげん》になる。

俺が名乗ろうとすると――

「おいハルト！　先に行ってるぞ！」

「ったくあいつは、また厄介事を……おっ？　あの店の肉美味そうだぞ！」

「なんだと⁉　ハルト！　あの店行ってるから早く来いよ！」

一緒に止めに入ってくれるとばかり思っていたバーナーたちは、俺を置いていってしまった。

「は⁉　ちょっと待てよ！　俺も肉食いてぇ‼」

俺は去っていくバーナーたちに向かってそう叫ぶが、どうやらそれが気にくわなかったらしい。

「なに無視してるんだ！　Cランクを舐めてんじゃねーぞ‼」

顔を真っ赤にしたリーダーっぽい奴が拳を構えると、その仲間も一斉に身構える。

周りにいた人たちが悲鳴を上げて逃げる中、四人同時に殴りかかってきた。

「あ、危ない！」

少女の叫び声を聞きながら、俺はあっさりと攻撃をかわす。

「な、俺たちの攻撃を避けただと！？」

「いや、そのへんの村人でもかわせるレベルだっただろ。お前ら本当にCランクか？　同じ冒険者として恥《は》ずかしいぞ？」

素直に思ったことを言っただけなのだが、四人組はますます激昂してしまった。

「クソが、舐めやがって！」

再び拳が振るわれるが、どれも当たらない。

十分ほどそうしていたところで、とうとう四人組は諦めたようだった。

「はぁはぁ……な、なんで、擦り傷、一つ付かないんだよ。本当に同じ、冒険者か……？」

「ああ、ほれ」

俺はそう言って懐《ふところ》から冒険者カードを取り出して見せてやる。

「なっ、Bランクかよ……」

「まぁ、そろそろBじゃなくなるけどな」

「それはどういう……」

リーダーが言いかけるが、俺は威圧を発動しながら言い放つ。

「お前らに関係あるか？　さっさとどっかに行け。冒険者の恥《はじ》さらしが」

すると四人組は、がたがたと足を震わせながら逃げていった。

捨てゼリフを残す余裕もなかったらしいな。

ため息をつきながら見送っていると、フードの少女の呆《ほう》けたような呟きが耳に入った。

「四人がかりの攻撃をあんな簡単に避けて、あっさりと退散《たいさん》させるなんて……」

その声には驚きと尊敬《そんけい》が含まれているようで、悪い気はしなかった。

「大丈夫か？」

そう問うと、少女はバッと頭を下げた。

「は、はい。助けてくれてありがとうございました。もしよろしければ、何か御馳走《ごちそう》させてください」

うーん、正直肉を食いに行きたいんだけどな……

そう思って「礼はいらない」と伝えたのだが、少女がどうしてもと言うので少しだけ付き合うことにした。

少女に連れられて、広場のすぐ近くにあるカフェに入る。

なんかカップルばっかで居心地悪いんだけど……

そんなことを思っていると、少女がフードを取って自己紹介した。

「私は冒険者をしているフィーネと言います。先ほどは助けていただき、ありがとうございました」

軽く頭を下げた彼女が再び顔を上げた時、俺の心臓が大きく跳ね上がった。

白く透《す》き通《とお》った肌に、銀色の髪。空色の瞳《ひとみ》は澄《す》みわたるように綺麗で、顔は可愛《かわい》らしく整っている。

「……」

「あの？　どうかされましたか？」

俺が思わず見惚《みと》れていると、フィーネさんが不思議そうに声をかけてくる。

「あっいえ、なんでもありません！」

「なぜ敬語に？」

「あっいや、なんでもない」

「そ、そうですか」

やばい、初めて見るレベルの美少女だわ……

俺は慌てて、フィーネさんに自己紹介する。

「冒険者をしている晴人だ。さっきのことについては気にしないでくれ。女の子が困ってたら助けるのなんて当たり前だろ？　こんなに可愛い女の子を守れてよかったよ」

「そ、そうですか？　ふ、普通は見て見ぬフリをするものだと思うのですが……」

俺が「可愛い」と言うと、フィーネさんは顔を赤くして少しモジモジする。

くっ！　可愛いな、天使かよ!!

「フィーネさんは、俺と同じ冒険者をしているんだよな？　ランクを聞いても大丈夫か？」

「フィーネでいいですよ。それとランクはCです。ハルトさんのランクはたしか……」

「分かったよフィーネ、俺のことも呼び捨てでいい。それとランクは、さっき見せた通りBだ。ま、今日までだがな」

「呼び捨ては恥ずかしいので……やっぱり、ハルトさんって呼びますね」

フィーネはそう言ってにっこり笑ってから、少し不思議そうにする。

「それで、さっきも気になったのですが……今日まで、とは？」

「ああ」

俺は明日にでも正式にAランクになることを伝えた。

「え⁉　明日Aランクになるのですか⁉」

驚きのあまり大声を上げてしまったフィーネに、周囲の視線が集まる。

「フィーネ、声が大きいぞ」

人差し指を口にやって注意すると、フィーネは周囲を見回して、耳まで真っ赤にして俯いてしまった。

やっぱり可愛い！

「うぅ〜、す、すみません」

「気にするな」

せっかく知り合えたからと、色々と話をする。

その中で、使える魔法の話題になった。

「私が使えるのは水魔法と氷魔法ですね」

「フィーネは二属性も扱えるのか。そりゃ凄いな」

二属性持ちでCランク冒険者、こりゃ将来安泰《あんたい》だな。

「あれ？　あまり驚かないですね？」

「まあ、俺も似たようなもんだからな」

「そうですか、複数属性持ちって珍《めずら》しいから親近感《しんきんかん》わきます！」

おお、なんか嬉しいな。

複数属性持ちといえば、俺についている称号『魔導を極めし者』は、火、水、風、土、雷、氷、闇、光、回復という九つの属性魔法全てを持ち、そのスキルレベルが全て最高の10である者に与えられるものなんだとか……この称号、俺以外で手に入れられる奴いるのか？


それから十分ほど話したところで解散《かいさん》となった。

またナンパに巻き込まれるかもしれないから、フィーネが泊まっているという中央広場近くの宿の前まで送ってやった。

「今日はありがとうございました。楽しかったです」

「こっちもだ。またどこかでな」

「はい。またどこかで」

俺はフィーネと握手《あくしゅ》してその場を離れ、中央広場へと戻った。

またしてもバーナーたちはすぐに見つかったので、気配遮断とステルスを発動してこっそり近付く。

「ハルトの奴、遅いな……あれから色々回って、ここでもう三件目だぞ」

「そうだな」

「……なんか、また昨日みたいに背後から声をかけられそうだよな」

オールドのその言葉に、三人は揃ってバッと後ろを振り向く。

しかし当然、俺の姿は見えない。

「ふぅ……おいオールド。ビビらせるんじゃねぇよ」

バーナーがそう言って、三人は再び前を向いた――俺が座っている方を。

「俺を置いていって、三人で何を食ってるんだ？」

「「「ぎゃぁぁぁぁあ‼」」」

いきなり目の前に俺が現れて、三人は昨日と同じくらい驚いた。

「おおおおお前、いつの間に⁉　こ、これはだな、先に色々食べておいて美味しい料理をハルト様に報告しようと思って店を回ってたんであって、決して我々三人だけで楽しんでいたわけではないんだ……ですよ！」

「そ、そうなんだよ。ですよ！」

「お、美味しい料理、たくさん見付けておきましたよ？」

へぇ……？

「実はまだ三人には言っていなかったんだけどさ……俺、相手の嘘を見抜けるんだよね」

本当に神眼《ゴッドアイ》様様だな。

そう告げた瞬間、三人はダラダラと汗をかき始める。

そして窺《うかが》うようにして、バーナーが聞いてきた。

「ほ、本当か？」

「ああ、もちろんだ」

俺が真顔でそう返すと、三人は勢いよく土下座《どげざ》する。息ぴったりだな。

「「「本当に申し訳ございませんでした‼」」」

その大声で、またしても周囲の注目を浴《あ》びてしまった。

皆はひそひそ話のつもりでも、色々と会話の内容が聞こえてくるんだが……おい誰だ、カツアゲって言った奴。

「はぁ……いいから顔を上げろって。周りの人が見てるだろうが」

俺はため息をつきながら、バーナーたちに声をかける。

これじゃ完全に俺が悪い奴にしか見えねーじゃねえか。

三人は顔を少し上げて、「許してくれるのか……？」と聞いてくる。

「ああ、だからさっさと食いに行こうぜ。もちろんお前らの奢りでな」

「……結局俺たちが奢るのか……」

「バーナーよ、仕方がない。諦めるのだ」

「そうだぞ、人間諦めが大事だ」

肩を落とすバーナーに、ノーカス、オールドがうんうんと頷く。

俺がそんな三人を放置して歩き出すと、バーナーたちは慌てて付いてきた。

それから三人の案内で色々と食べ歩いたり、腹ごなしに名所に行ってみたりするうちに、あっという間に夕方になった。

ヴァーナの街を存分に楽しんだ俺たちは、宿に戻る。

バーナーたちと馬鹿話をしながら夕食を食い、夜遅くになってようやく各々の部屋に戻った。

部屋に戻った俺は、ベッドの上に寝転がりながら今後のことを考える。

「明日Aランクの冒険者カードを貰ったら、そのままペルディス王国にでも行ってみるかな……この国に復讐するには全然力が足りないし、まだ王都に勇者がいるかもしれないしな。ってことは、バーナーたちとは明日でお別れか……って言っても、バッカスさんもバーナーたちも、またどこかで会う気がするんだよな」

そんなことを呟いた俺は、ふと思い立ってステータスの確認をすることにした。
全然確認してなかったもんな……

名前　：結城晴人
レベル：120
年齢　：17
種族　：人間（異世界人）
ユニークスキル：万能創造　神眼《ゴッドアイ》　スキルMAX成長　取得経験値増大
スキル：武術統合　魔法統合　言語理解　並列思考　思考加速
称号　：異世界人　ユニークスキルの使い手　武を極めし者　魔導を極めし者
〈武術統合〉
剣術、槍術、盾術、弓術、斧術、格闘術、縮地、気配察知、威圧、硬化、
手加減、夜目、咆哮、跳躍、加速、抜刀術、気配遮断
〈魔法統合〉
火魔法、水魔法、風魔法、土魔法、雷魔法、氷魔法、光魔法、闇魔法、
回復魔法、時空魔法、無詠唱、身体強化、偽装、付与魔法《エンチャント》、精神耐性、
魔力操作、錬成、結界魔法、ステルス

おお、やっぱだいぶレベル上がってる……っていうかスキルの数がえげつないな、コレ。

この調子で、クラスメイトの勇者に負けないくらい強くならなきゃな。

翌朝、俺は新しい冒険者カードを受け取るため、一人で冒険者ギルドへと向かった。

受付で用件を話すと、あっさりとギルドマスター室に通される。

中ではバラードさんが、椅子に座って待っていた。

「待っていたぞハルト君。これが新しい冒険者カードだ……前回同様に、この部分に血を垂らしてくれ。ああ、あと古いカードは回収しよう」

そう言ってバラードさんが渡してきたカードは、金色に輝いていた。Bランクは銀色だったから、ちょっと豪華になったな。

俺は言われた通りに血を垂らして新しいカードの所有者をロックし、古いカードを渡した。

「うむ、ありがとう。それと例の二体分の換金額《かんきんがく》……白金貨八枚だった。ただ大金すぎてそのままは渡せないので、全土のギルドで使える口座を作ってそこに入れておいた。必要な時に引き出してくれ」

白金貨って大金貨の上だから……八千万ゴールド⁉

「ちょ⁉　多くないか？」

「いや。少ないくらいだ。本当だったら黒金貨一枚以上は出る」

「そこまでだったか……」

「……お前、災害級の価値も知らんのだな……」

バラードさんが呆れたようにため息をつくが、しょうがないだろう。

「ま、とにかくカードも金も受け取ったから、俺は行くぞ」

そう言って立ち上がり出口へ向かおうとしたところで、引き留《と》められる。

「ちょっと待ってくれ」

「なんだ？」

「これからどうするか聞いてもいいか？」

そのバラードさんの言葉に、俺は昨晩考えていた通り、ペルディス王国へ向かうと告げた。

「……そうか。もしペルディスの王都へ行くなら、あそこのギルドには気を付けろよ」

「それはどういうことだ？」

「なに、行けば分かる」

なんで不安を煽るだけ煽って、何も教えてくれないの⁉

そう思ってジト目を向けてみたのだが、バラードさんはとぼけるように軽く笑うだけだった。

バラードさんへの追及《ついきゅう》を諦めた俺はギルドマスターの部屋を出ると、受付へとまっすぐ向かい、ペルディス王国までの護衛依頼がないかを受付嬢に聞いてみた。

「少々お待ちください――そうですね、今日の昼過ぎに、王都に向けて出発予定の依頼が一件あります。どうなされますか?」

ずいぶん急だが、まあいいだろう。

「それを受けるよ」

俺は冒険者カードを渡して依頼の手続きを行った。

「……はい。これで手続きが完了しました。ペルディス王国へはここから六日で到着します。ご武運《ぶうん》をお祈りします」

そんな言葉と共に冒険者カードを返却してもらった俺は、冒険者ギルドを後にするのだった。

第11話　ペルディス王国へ

　いったん宿に戻って荷物を回収した後、お礼を言うためにバッカスさんの商会へと向かう。

「やあ、ハルトさん。今日はどうしたんですか？」

「ああ、今日の昼にこの街を出てペルディス王国の王都へと向かうことにしたから、挨拶に来たんだ」

　そう伝えると、バッカスさんは寂《さび》しそうな表情を浮かべた。

「そうか……もう行ってしまうんですね。私も近いうちにペルディス王国に行く予定なので、もしどこかで会ったらよろしく頼みますね」

「向こうにも店を持ってるのか⁉　バッカスさんの商会は大きいな……」

「ええ。一応、三大国には、どこも店がありますよ」

「結構大きい商会だったんだな」

「いえいえ、私なんてまだまだですよ」

　そんな話をしていると、後ろからバーナーとノーカス、オールドが声をかけてきた。

朝部屋にいないと思ったが出掛けてたのか。

代表してということなのか、バーナーが質問してくる。

「もう行っちまうのか？」

「ああ。ペルディス王国までの護衛依頼をさっき受けた。昼にはこの街を出る予定だ」

「そうなのか。短い間だったがありがとうな。この剣、大事に使わせてもらうぜ！」

バーナーが腰に提げた剣を叩きながらそう言うと、ノーカス、オールドも頷く。

「おう。またどこかでな」

「おう！」

そうして俺は改めてバッカスさんに感謝を告げ、バーナーたちと拳を突き合わせてから、商会を後にするのだった。

雑貨や非常食などを買い足《た》したり、昼食をとったりした後、俺は教えられていた集合場所である街の北門へと向かう。

それなりに人の出入りがある中、とある集団が門の脇に待機していた。

商人らしき人が数人と、馬車が五台。それから冒険者が五人……きっとあれが今回の依頼の集団なのだろう。

冒険者の数が少ない気がするが、まだ集まりきっていないのだろうか。

俺はそんなことを考えながら、その集団に近付く。

すると向かってくる俺に気付いたのか、五十代くらいのおっさんが声をかけてきた。

「もしかして、君が依頼を受けた冒険者ですか？」

「ええ、晴人です」

「そうですか、私が依頼人のヨーテです。今日はよろしく頼みます。見ての通り馬車が多くて目立つため、魔物や盗賊に襲われる確率が高いんですが……急な依頼だったので、あまり冒険者が集まらなくて。あっちにいる五人と君の計六人での護衛となります。ちょうど今打合せ中みたいなので、合流してください」

「分かった、任せてくれ」

なるほど、この人数はそういう理由か。

俺は言われた通りに、冒険者たちが集まっている方に向かう。

そこにいたのは、二十代前半くらいの男女が四人と、フードを被った女性が一人……

ん？　あのフードは見覚えがあるような……

そう思っていると、そのうちの一人が声をかけてきた。

「えっと、君は？」

「この依頼を受けた晴人だ。よろしく頼む」

「ということは、これで揃ったわけか……俺はこっちの四人のパーティのリーダーをしているライアンだ。呼び捨てでいいぞ。俺たちの冒険者ランクはBだ」

ライアンが自己紹介すると、他の三人も続く。

「俺は剣士のネイサンだ。ネイサンでいいぞ」

「私は魔法使いのアニータです。私もアニータでいいですよ」

「同じく魔法使いのイラーリだよ！　私もイラーリでいいよ！」

バーナーたちやフィーネもそうだったが、冒険者って敬語とかあんま気にしなくていいから楽だよな……いや、そもそも俺が気にしてるのかって言われたら微妙《びみょう》だけど。

なんてことを考えていると、ライアンがもう一人のフードの人物を手の平で示す。

「それでこっちの人が、俺らのパーティとは別で参加している、ソロの人だ。名前は——」

「ハルトさん。昨日ぶりですね」

そう言ってフードを取ったのはフィーネだった。

まさかこんなにすぐ再会することになるとはな。

「やっぱりフィーネだったか。見覚えがあると思ったんだ」

「はい。ハルトさんもこの依頼を受けたんですね」

にっこりと笑みを浮かべてそう言うフィーネに、俺はどぎまぎしながら頷く。

「あ、ああ。ペルディス王国に行ってみようと思ってな。そしたらちょうどこの依頼があったんだよ」

「そうでしたか、私は報酬金がよかったので」

「あー、あんまり気にしてなかったけど確かにそうか」

俺たちが話していると、ライアンが話に加わってきた。

「なんだ、知り合いか？　……ってフィーネさん、フードで隠してると思ったらこんなに可愛かったんだな」

「ああ。ちょっと縁《えん》があってな」

フィーネは可愛いと言われて、また赤くなっている。

その様子を楽しそうに見ながら、ライアンが尋ねてきた。

「そうだ、二人とも冒険者ランクを教えてもらえるか？」

「私はCランクです」

「ああ、俺はAランクだ」

「「「Aランク⁉」」」

ライアンのパーティ全員が驚いて大声を上げ、それにつられて少し離れていた依頼人たち商人の集団がこちらを向いた。

そしてライアンが諭《さと》すように言う。

「そういうすぐバレる嘘はつかない方がいいぞ？」

「いや、嘘じゃないからな？」

俺はそう言って、ポケットから冒険者カードを出して見せる。

「ほ、本物じゃねえか……まじかよ、その歳《とし》でAとか。ちなみに冒険者登録したのはいつだ？

「一週間前だな」

「「「一週間前⁉」」」

再び驚くライアンたち。フィーネには昨日話してるからそんなに驚かれてないな。

「一週間前とか。俺たちなんて……」

「ちょっとライアン！　落ち込むなって！　ハルト君がおかしいだけだから！」

「そうだよ！」

「そうだぞライアン！」

「お前たち……グスッ」

おいコラ、寸劇《すんげき》やめろ。こっちをチラチラ見るな。

その後、道中の配置を決めたり動きを確認したりするうちに、出発の時間になった。

「それではこれから出発します」

ヨーテさんの号令で、俺たちは配置につく。

馬車は全部で五台なので、一人一台ではなく、先頭に二人、三台目に二人、最後尾《さいこうび》に二人、という配置になっている。

先頭がライアン、アニータの二人。三台目にネイサン、イラーリの二人そして最後尾は俺とフィーネの二人だ。

ヴァーナを出た俺たちは、ペルディス王国王都へと続く街道を進む。

のんびり進みつつ、俺とフィーネは雑談に興《きょう》じていた。

「そういえばハルトさんは持ち物がないですね？」

「マジックバッグに入れているからな」

「マジックバッグ持ちなんですか、羨ましいです」

そんなのんびりした会話をしていると、気配察知に反応があった。

「ん、魔物がいるな……数は八匹か」

「魔物ですか⁉」

「ああ。この先の茂みに隠れてるみたいだな。そろそろ出てくるだろう」

「報告しないと！」

「いや、俺が倒しておくからいいよ」

「え？」

俺は魔力操作で、銃の形に似せて伸ばした指先に魔力を集めていく。

「初めて見ましたが……その魔法は？」

びっくりしたような顔で聞いてくるフィーネ。

「これか？　これは魔力弾だ」

「魔力弾？」

「ああ。体内の魔力を魔力のまま、指先にこうやって弾状に集めるんだ。あとは相手目掛けて撃つだけだな。特徴は、属性魔法じゃないから弱点属性がないことくらいかな」

俺は説明し終えると、魔力弾を八連射した。

魔力弾は発射の音も立てずに風を切り、百メートルほど先の茂みに隠れている魔物たちの頭を消し飛ばす。

そして、頭部のない八体のゴブリンの死体が、街道に倒れ込んできた。

突然のことに、先頭にいたライアンたちが驚きの声を上げる。

「な⁉　ゴブリンの死体⁉」

俺は声を張り上げて、安心するように伝える。

「驚かせてすまない！　茂みに反応があったからこちらで処理しておいた！」

しかしライアンたちは、信じられないものを見るような目を俺に向けていた。

なんだよ、戦闘にならなかったからいいじゃないか、などと思いながら口を尖《とが》らせていると、フィーネが尊敬のまなざしで見つめてきた。

「ハルトさん凄いですね。あんなに離れているのに命中させるなんて……」

「ま、まあな」

俺は少し照れながら、雑談に戻る。

「そういえば歳を聞いてなかったな。俺は十七だ」

「私の一つ上だったのですか。私は十六です」

「そうなのか。これからよろしく頼むよ」

「はい。お願いします！」

同い年くらいかなーとは思っていたが、まさか一歳差とはな。仲良くなれそうだ。


それから進むことしばらく、辺りが薄暗くなってきた頃に馬車が止まった。

「今日はここで野営をいたしますので、皆さんは準備をお願いします」

俺たちはヨーテさんの指示に従って野営の準備を始める。ここでもやはり先輩冒険者が大活躍で、俺はあまり役に立たなかった……しょうがないだろ。

そうして全員で夕食をとった後、夜警《やけい》の態勢について話し合う。

と言っても、馬車の護衛と同じペアで、どの順番で見張りをするか決めるだけだったから楽だったのだが。

この街道はグリセント王国のものに比べてしっかり整備と警戒がされており、魔物の出現が少ないそうだ。その代わりというわけではないが、安全だとタカをくった旅行者を狙《ねら》う盗賊が多いらしい。

そして俺たちは、翌日には無事に国境を越えてペルディス王国の領内に入った。そこから四日、色々な街や村に寄りながら王都を目指していたのだが、結局魔物にも、多いと言われていた盗賊にも襲われることはなかったのだった。

そしてヴァーナを出発して六日目の昼休憩中、ヨーテさんが俺たち冒険者に話があると言ってきた。

「実はこれから進む近辺が、大規模な盗賊団の縄張《なわば》りになっているらしく……あと半日ほどで王都に着く予定なので、このまま何もないのが一番ではありますが、皆さんには一層の警戒をお願いします」

ヨーテさんのその言葉に、ライアンたちが胸を張って答える。

「任せてくれ！」

「盗賊なんて敵じゃないわ！」

「もし出てきたとしても、俺たちを見たらビビッて逃げちまうかもな。はははっ！」

「だよね！」

そう言って笑うライアンたち。

おいお前ら、それはフラグになりかねんぞ？

第12話　盗賊

……なんて危惧《きぐ》していたら、昼休憩を終えてしばらく進んだ頃、気配察知に複数の人間の反応があった。

まさかと思っていると、その反応がこちらへと向かってきているのが確認できた。

ちょっと、フラグ回収早すぎない？

そして数分後、俺たちの進む先に、二十人もの盗賊たちが立ち塞がっていた。

「死にたくなきゃ馬車の積み荷を全部置いていきな……まぁ、置いていったところで生きて帰れるかは分からないがな」

一人がそう言うと、下卑《げび》た笑いを上げる盗賊たち一行。

フィーネはすかさず前に出て、ヨーテさんたち商人に声をかける。

「ここは私が相手をして食い止めますので、その隙に皆さん逃げてください！」

勇《いさ》ましくそう言うフィーネを見て、盗賊たちのテンションが上がった。

「へぇ、こりゃ上物だぜ！」

「おいお前ら、そいつは殺さず捕《つか》まえとけよ。今日の夜が楽しみだぜ」

口々にそんなことを言いながら、嫌らしい笑みを見せる盗賊たち。

その視線からフィーネをかばうようにして、ライアンたちが前に出る。

「俺たちの方がランクは上なんだ、お前は無理をするな！」

ライアンのその言葉に呼応するように、ネイサン、イラーリ、アニータも武器を構える。

ああ言われたら俺が戦わないわけにもいかないな、と一歩前に出る。

しかしフィーネはそんな俺を見て強い口調で言った。

「ハルトさんは、ヨーテさんたちを連れて逃げてください！　一番の実力者が護《まも》るのが最善です！」

ライアンも同じことを考えているのか、早くしろと目で訴《うった》えていた。

だが――

「それは無理な相談だな……そうそう、ヨーテさんたちはこの馬車から出ないでくださいね。安全のためですから」

俺はそう言ってフィーネたちへと歩み寄りながら、馬車の周りに結界魔法で透明《とうめい》な結界を張る。

「なんで来たのですか！」

フィーネは隣に来た俺を見て、怒り顔で抗議してくる。

まあ、逃げる時に一番強い奴が護衛につくってのは間違ってないんだけどな。

しかしそれは逃げる時、あるいは戦うにしても護衛対象を護《まも》れる戦力がない時の話だ。

俺が結界魔法を使っていれば、護衛対象に心配はない。それに……

「そんなに足が震えていたら戦えないだろ？」

俺はフィーネに言い放つ。

そう、よく見なければ分からない程度にだが、フィーネの足は震えていた。

数的に圧倒的に不利な中、しかもあんな視線を向けられているというのに、戦う意志が折れないフィーネは素直に凄いと思う。

足の震えを指摘されたフィーネは、ビクッとする。

「うっ、そ、それは……」

「怖いのなら無理して戦わなくてもいいんだ」

「こ、怖いなんて……そんなことは！」

そのやり取りを見ていた盗賊たちのリーダーらしき男が、痺れを切らして大声を上げる。

「何ゴチャゴチャ言ってやがる！　この人数を相手に戦う？　寝言は寝て言え！　おいお前ら、女以外は生かさなくていい。全員殺《や》れ！」

その言葉を合図に、盗賊たちが一気に襲いかかってきた。

しかしこちらにいるのは、それなりに経験のある冒険者が六人。しかも俺はAランクだ。

一見多勢《たぜい》に無勢《ぶぜい》だが、俺も参戦している以上は負けるはずはない。

始まってから数分で、盗賊たちの数は半分以下になっていた。

俺は他の皆の戦いぶりを見たいこともあって、あくまでもサポート役に徹《てっ》していた。まあ、襲いかかってきた奴を気絶させるくらいはしているが。

ライアンたちは流石Bランクというべきか、複数の敵相手でも危なげなく戦っている。とはいえ圧倒的に勝っているわけではなく、俺やフィーネに敵が分散しているからギリギリ大丈夫、くらいだが。

一方でフィーネの方は、見ていてヒヤヒヤさせられた。

一対一ならそこまで問題はない。しかし——

「横だフィーネ！」

「あっ……」

フィーネは目の前の相手に集中していて、横から攻撃が迫っていることに気付いていなかった。

俺は声をかけると同時に高速移動のスキル『縮地』を使って、フィーネに横から迫っていた盗賊に『手加減』を発動した腹パンを入れて気絶させる。

「すみません。助かりました」

「気にするな。もっと周りを見るんだ」

「はい！」

フィーネは元気に返事をしながら、目の前の敵を気絶させるのだった。

それからしばらくすると、最後の一人も倒れる。

俺たちは気絶している盗賊をまとめて縛り上げてから、一人だけを叩き起こしてアジトの場所を尋問し始めた。

ライアンは叩き起こした盗賊の一人の前に立ち、腕を組んで声をかける。

「盗賊団の名前とアジトの場所を吐《は》け」

「はっ、お前らに教えるわけがねえだろ！　こんなことしてタダで済むと思うなよ！」

「そうか、お前たちは名前もないから教えられないのか。可哀想な盗賊だな」

「なんだと⁉　俺たちはあの『黒狼《こくろう》』だぞ！」

拍子《ひょうし》抜《ぬ》けするほどあっさりと挑発に乗った盗賊の言葉に、ヨーテさんが「え⁉」と声を上げて驚く。

その名前に聞き覚えがなかった俺は、知っている様子のヨーテさんに尋ねた。

「ヨーテさん、黒狼って？」

「ここ最近、王都近郊を荒らし回っている連中です。リーダーがとても手強《てごわ》く、軍や冒険者が追いつめてもいつも逃げられていたのですが……まさか彼らと遭遇するとは思っていませんでした」

まさかこいつらがそこまで有名な盗賊だったとは思わなかったな、結構雑魚だったし。

とりあえずアジトを聞き出すのを最優先した方がよさそうなので、俺はライアンに交代するよう声をかける。

「ライアン、俺に任せてくれないか？」

「大丈夫なのか？」

「尋問は初めてだが……多分な」

「……分かった」

ライアンは渋々《しぶしぶ》といった様子で、俺に立ち位置を譲《ゆず》る。

「なんだ、次はガキか？　てめぇなんかに話すことは何もねぇよ」

俺の姿を見た盗賊がいきなりそんなことを言ってきたので、俺はそいつが腰に提げているナイフを素早く奪い、太ももに躊躇《ちゅうちょ》なく突き刺した。

「ぐ、ぐああああああ⁉」

「黙れ。いいか、今から質問する。答えなかったら……命がないと思え？」

軽く殺気を放ってそう言うと、男は本気で殺されると理解したのか、首がちぎれんばかりに頷く。

「よし。盗賊のアジトはどこにある？　それと黒狼の残りの人数だ」

「わ、分かったから待ってくれ！」

「早くしろ」

俺は地面に落ちていた盗賊の剣を拾って、男の首に突きつける。

「ここから森に入って少し行った所に、洞窟《どうくつ》がある。俺たち黒狼はそこを拠点《きょてん》にしているんだ。ほ、本当だ！」

「嘘ではないな？」

神眼《ゴッドアイ》で嘘ではないことは確認できているが、ここで簡単に信じては舐められる可能性もある。俺はぐっと剣を近付けて念押しした。

「う、嘘じゃない！　だから助けてくれ！」

「まだ、人数を聞いていない」

言いながら、剣先を男の首に押し当てる。若干の血が流れ始めたのが分かったのか、男は慌てて喋り出した。

「わ、分かった！　黒狼は全員で二十七人いて、今回はそのうちの二十人で商人たちを襲う予定だったんだ。別に最初からアンタらを狙うと決めてたわけじゃない、だから命だけは助けてくれ！　知ってることも全部喋ったから！」

うん、神眼《ゴッドアイ》で確認したけど嘘はついてないみたいだな。

俺は男に突きつけている剣先から雷魔法を発動し、電気を流して気絶させた。

「さて、場所も人数も分かったしさっそく行くか」

俺がそう言って振り向くと、尋問の様子を見ていた皆がドン引きしていた。

そしてライアンが、ビクビクしながら聞いてくる。

「は、ハルト、本当に尋問は初めてだったのか……」

「ああ。もう少し手際よく話してもらえると思ってたんだが……まだまだだったな」

「「「いや、十分だよ（です）‼」」」

ライアンだけじゃなく、ネイサンやフィーネたちにも声を揃えて突っ込まれてしまった。

俺は「そうか？」と言いながら、気絶している盗賊たちを道の端《はし》の方に寄せる。

ついでにその近くに、「こいつらはお馬鹿な盗賊です」と書いた立札を立てておいた。

「あ、あの、これ必要なのですか？」

すると、フィーネがそう聞いてきた。ライアンたちも同じく不思議そうにしている。

「当然だろ？　そうじゃないと通りかかった誰かが助けちゃうかもしれないじゃないか」

俺の言葉に、いやそうじゃなくて……と言いたげなフィーネたち。

もしかして『お馬鹿な』って部分がいらないってことか？

でもまあ実際にお馬鹿だしなぁ……

しかし結局フィーネたちはそれ以上何も言ってこなかったので、俺はヨーテさんに向かって口を開いた。

「ヨーテさん、俺はこれから、二、三人連れて盗賊のアジトを潰しにいこうと思います」

「ですが相手はあの黒狼ですよ？　それに、半数以上がアジトに向かうのでしたら、私たちはどうすれば？」

ヨーテさんや彼の部下が不安そうな表情を浮かべるのを見て、俺は馬車の周囲に張っていた結界を見えるようにする。

「この結界の中にいれば平気ですよ。魔法と物理、どちらの攻撃からも守れますので」

スキルレベルＭＡＸの俺が作った結界だ。よほどのことがない限り壊される心配はない。

「……それは本当ですか？」

ヨーテさんが若干疑っているので、俺は全く同じ結界をもう一つ作って、ライアンたち四人組に向き直る。

「ライアンたち、どんな手段でもいいから、こいつに攻撃してみてくれないか？」

「分かった……いくぜ！　はぁ！」

「おう……ふんっ！」

ライアンとネイサンが同時に攻撃するが、結界は揺るぎもしない。

次にアニータとイラーリが詠唱をして魔法を放つ。

「ウォーターボール！」

「ファイヤーボール！」

二つの魔法はかなりの速度で結界に衝突《しょうとつ》するが、それと同時に大きな音を立てて消滅した。

当然のように、結界には全く変化はない。

「す、すげぇな……」

「マジかよ……」

「私の魔法が効かないなんて」

「す、凄いですよ！」

「あれらの攻撃を耐えるなんて……」

攻撃を加えたライアンたち四人だけでなく、ヨーテさんも唖然としている。

「これで大丈夫ですよね？」

そう言うと、ヨーテさんは慌てて答えた。

「は、はい。とても安全だと分かりました。それではお気を付けてください」

「ありがとうございます。それじゃあ……フィーネ、ライアン、アニータ。付いてきてくれ」

ネイサンとイラーリには、念のため護衛についておいてもらう。

森の中をしばらく進むと、拷《ごう》も――ではなく尋問した男が言っていた洞窟が見つかる。

俺たちは一度茂みに身を隠して、情報が正しいのか確認した。

「よし、ここで間違いないな」

気配察知で確認すると、中にいたのは七人。

全部で二十七人と言っていたから、アジトはここで間違いないようだ。

「よし！　突《とつ》げ――うぐっ」

「分かった！　行くよ――ふぐっ」

いきなり突っ込んでいこうとするライアンとアニータの襟首《えりくび》を掴んでストップさせる。

「待て。敵の配置も分かってないのに無闇《むやみ》に突入するな」

「……それならどうするんだ？」

不思議そうにするライアンに向かって「少し待て」と言ってから、気配察知とマップを併用《へいよう》してより詳細な状況を確認する。

「洞窟に入った所に見張りっぽい奴が二人、少し進んで右側に部屋があって、そこに二人。その部屋の奥にもう一部屋あってそこに二人。それから一番奥の部屋に一人いるな……奥にいる奴が、気配と魔力の強さからみてリーダーだろうな」

俺がそう言うと、三人ともが驚きの表情を浮かべ、ずいと顔を寄せてくる。

「なんでそこまで分かるんだ？」

「そうだよ！　なんでそんなに詳しく？」

「どうやったんですか!?」

ライアン、アニータ、フィーネが口々に言う。

フィーネとアニータならともかく、ライアンに迫られても嬉しくない。

「ライアン近い、近いから！」

「うっ、すまない」

んー、どうやって説明するかな。マップのこととか言いたくないし……

「……秘密だ。まあいいじゃないか。ちょっと作戦考えるから待ってくれ」

「……作戦なんているのか？　向こうの数が多いって言っても、この戦力差なら関係ないだろ」

「まぁ、それもそうか……じゃあ俺が先頭で、お前らは付いてきてくれ」

俺、フィーネ、アニータ、ライアンの順で進み始める。

そして洞窟に入るなり、縮地を使って見張りに近付き、腹パンして気絶させた。

「よし、行くぞ」

俺の言葉に、三人はしっかりと頷く。

洞窟内は一定の間隔《かんかく》で松明《たいまつ》が掲《かか》げられており、明るくなっていた。

そのまま進んだ俺たちは、一つ目の扉をノックした。

「なんだ？　珍しくノックなんてして」

そんな不思議そうな声と共に扉が開く。

その瞬間、俺は扉を開けた奴に雷魔法を放って気絶させた。

「どうしたルーク⁉　……くそっ、敵か！」

部屋の中にいた男が剣を抜こうとしたが、俺は一瞬で近付いて腹パンを入れる。

その男が崩れ落ちると同時、もう一つ奥の部屋へと続く扉が開いた。

さっきの男の声で異常に気付いたんだろう、武器を持った二人の男が迫ってくる。

俺はライアンと目を合わせて頷くと、それぞれ別の男に向かって駆けていった。

俺は男が振るった剣をかわして背後に回り込み、首筋を手刀で打って気絶させる。

ライアンの方を見れば、相手のみぞおちに膝蹴りを入れたところだった。へぇ、やるじゃないか。

フィーネとアニータが気の毒そうに盗賊たちを見ているが、気にしない。

「さて、奥の部屋で最後だな」

俺たちは奥の部屋へと続く扉の前に立つ。

先ほど同様に、普通に押し入って倒そうと扉に手をかけたのだが、鍵《かぎ》がかかっているようだ。

俺はフィーネたち三人に扉の前から退くように伝え、扉をノックする。

三人が不思議そうな表情を浮かべた瞬間、中から声が聞こえた。

「なんだ?」

俺はニヤリと笑みを浮かべ、焦ったような声を上げる。

「親分！　敵襲です！」

「なんだと⁉　王都の兵か⁉」

そんな声と共に、扉が引き開けられる。

しかし黒狼のリーダーの目の前にいたのは、彼の部下ではなく俺だった。

「なっ、誰だてめぇは⁉」

「ただの冒険者だ」

俺は黒狼のリーダーの腹を殴り、部屋の奥へと吹き飛ばす。

「ぐはっ……くそっ！　てめぇ、覚悟しろ！」

リーダーはそう言うと、戦斧《せんぷ》を手に取って襲いかかってくる。

しかし俺はそれを軽くかわし、雷魔法をまとった拳で再度腹を殴る。

さっきのダメージに加えて電撃で痺れたのか、リーダーはあっさりと昏倒《こんとう》した。

「おーいお前ら、もういいぞ」

そう呼ぶと、フィーネとアニータが複雑《ふくざつ》そうな顔をしていた。

「私たち、付いてくる意味はあったのでしょうか……」

「だよね……」

いやいや、俺一人じゃ七人も運べないじゃん？

それからリーダーを縛り上げて、引きずりながら部屋を後にした。

途中の部屋で気絶している連中も縛って、三人にも運んでもらう。

ヨーテさんたちの所に戻り、リーダー以外の奴らはさっきの二十人と一緒に転がしておく。

リーダーだけは馬車に積み込んで、王都まで連れていくことにした。

こいつがいた方が説明も楽だし、信憑性《しんぴょうせい》も増すからな。

そうして再び出発してから一時間ほどで、王都らしき大きな街が見えてきた。

「はぁ、やっと王都に着いたか」

「そうですね。最後の最後で色々ありましたが、やっと着きました」

ため息をつきながらの俺の言葉に、フィーネも疲れたように同意するのだった。

第13話　王都到着！

王都に入る際の検問を済ませた後、黒狼を壊滅《かいめつ》させたこととリーダーを捕まえてきたこと、それからメンバーを縛って放置していることを門番に説明すると、ものすごい勢いで感謝された。

「まさか黒狼のアジトを見付けたうえにリーダーまで捕まえてくるなんて……ありがとうございます！　報奨金《ほうしょうきん》については、盗賊たちの身柄を確保し次第、こちらから冒険者ギルドに伝えますので、ギルド窓口で受け取ってください。それと申し訳ございませんが、少しここでお待ちいただいてもよろしいですか？」

俺たちは頷いてから、黒狼のリーダーを引き渡した。

門番がリーダーを連れて詰所《つめしょ》らしき建物に入ってから五分後、今度は二十人ほどの兵士と一緒に戻ってきた。馬車も三台ほどあるので、おそらくアレに黒狼のメンバーを乗せて連行してくるのだろう。

「お待たせしました。これから盗賊の回収とアジトの確認に向かいますので、こちらの地図で大体の場所を教えてくれませんか？」

「分かった」

俺は差し出された大雑把《おおざっぱ》な地図に、神眼《ゴッドアイ》のマップで判明している正確な位置を示していく。

「なんと、ここまで詳しい場所を教えていただけるとは……ありがとうございます。協力に感謝します」

「いや、気にするな」

頭を下げる門番にそう告げ、部隊が門を出るのを見送ってから、俺たちは街へと入るのだった。

それから、護衛依頼はここまでということで、ヨーテさんたち商人とは別れる。

そして俺とフィーネ、ライアンたちは、街の人に場所を聞きながら、冒険者ギルドへと向かうのだった。


流石王都と言うべきか、街は活気に溢れている。

露店もかなり出ていて、美味しそうなものもたくさんだ。

買い食いしながら歩いていると、前方から悲鳴が聞こえてきた。

数秒後、悲鳴の原因が判明。

――紐《ひも》で縛られた全裸《ぜんら》の男だった。

「ハハハッ！　やはり縛られた姿を民衆に見られるのは気持ちがいいッ！　やめられんっ！」

そんな全裸男の言葉に「は？」と思っていると、騒ぎを聞きつけた警備《けいび》兵が駆けつけて、男に向かって叫ぶ。

「毎度毎度何してやがる変態！　頼むから服は着てくれッ！」

「むっ⁉　またバレた！　撤退《てったい》だ！　それと私は全裸がいいッ！」

「おいどこに行く！　待ちやがれッ！」

全裸男は自《みずか》らを縛っている紐を一瞬でほどくと、そのまま颯爽《さっそう》と走り出す。

そんな全裸男と彼を追う警備兵が、俺たちの横を叫びながら通り過ぎていった。

「……行くか」

「……そうですね」

「……そうだな」

「……あぁ」

「……ええ」

「……だね」

俺たち六人は微妙な雰囲気になりながら、再び冒険者ギルドを目指すのだった。


「ようやく着いたが……デカいな」

そう呟いた俺の目の前にある冒険者ギルドの建物は、とても大きかった。

ヴァーナの街のギルドもなかなかの大きさだったが、段違いだ。

感心しながら扉を開けると、やはりヴァーナ同様に酒場になっている。

一瞬注目を浴びた気がしたが、全員すぐに自分たちのテーブルの会話に戻った。

なんだ、テンプレ通りに絡んできたりしないのか。フィーネみたいな可愛い子を連れてるし、絶対何かあると思ったんだが……結構平和なギルドなのかな？

そう思って辺りを見回すと、どこかで見たことがありそうな、モヒカン＋革ジャン＋棘《とげ》付き肩パッドという格好をした三人組がいた。

「ヒャッハハハハー！　今回もがっぽり儲《もう》けたなぁ！」

「うちらのシマに手ぇ出したらどうなるか、これで分かっただろうよ！」

「たっぷり礼をしてもらわないとなぁ！」

「「ヒャッハハハハッ！」」

……あそこだけ、どこぞの世紀末みたいになってないか？　ここ冒険者ギルドだよな？

ほんの少しそちらを気にしつつ、俺たちは受付へと向かい冒険者カードを提示して、依頼完了を報告する。

「……はい、確認できました。こちらが報酬になります。お疲れ様でした」

金を受け取った俺は、ふと思い立ってライアンたちを振り向く。

「そういえば宿はどうする？」

「まだ決めてないな。これから探そうと思っていた」

「私もこの街は初めてなので……」

そう答えたのはライアンとフィーネ。ライアンたちのパーティは、いつも彼に任せているのか、うんうんと頷いている。

俺は再び振り向いて、受付嬢におすすめの宿を聞くことにした。

「すまないが、どこかおすすめの宿はあるか？」

「それでしたら、ギルドを出て右にまっすぐ進んで、最初の角を左に曲《ま》がった所に『新月《しんげつ》亭《てい》』という宿がありますよ」

「ありがとう」

「いえ。よく聞かれますから」

にっこりと笑みを浮かべる受付嬢に礼を言った俺たちは、さっそくその宿へと向かうことにした。

簡単な道だったので迷うことなく辿り着くと、こちらの文字で『新月亭』と大きく書かれた看板が下がっている。

中に入ると、奥から三十代前半くらいの女性が出てきた。

「いらっしゃいませ、新月亭へようこそ。私はこの宿の女将《おかみ》をしているソフィアです……お泊まりですか？」

「ああ、六人だ。よろしく頼むよ」

部屋が空《あ》いていたので、ライアンとネイサン、アニータとイラーリがそれぞれ二人部屋、俺とフィーネはそれぞれ一人部屋にした。

ちょうど夕飯時だったので、説明を受けてから部屋に荷物を置き、食堂に集合する。

多分明日になれば別行動だから、六人揃って夕食を食べるのもこれで最後だろう。

楽しく夕食を終えて解散し、俺は一人部屋でのんびりとしていた。

しばらくぼーっとしていると、扉がノックされる。

「……誰だ？」

「フィーネです。少しお話があります」

なんだ？　と思いつつも、特に断る理由もないので入るよう促す。

フィーネは部屋に入るなり、頭を下げてきた。

「ハルトさん、ここまで色々と助けてもらいありがとうございます……もしよろしければなのですが、一緒にパーティを組んでもらえませんか？」

フィーネのその言葉に、俺は一瞬考え込む。

仲間がいても問題はないとは思うのだが、突然そんなことを言ってきた理由が気になった。

「唐突《とうとつ》だな。パーティを組むのはいいけど、何か理由でもあるのか？」

そう聞くと、フィーネは顔を上げて重々しく口を開いた。

「……はい。少々身の上話をさせていただきたいのですが、私には家族がいません。小さい頃に親に捨てられて、孤児院《こじいん》で育ったんです。いつか冒険者になるのが夢だったので、孤児院にいる間に剣と魔法を教えてもらっていました」

そこでいったん言葉を切り、話を続けるフィーネ。

「成人になって孤児院を出た私は、夢をかなえて冒険者になりました。そして、お世話になった人たちに恩返しするためにもランクを上げていたのですが、弱い私がこのまま冒険者を続けられるのか、不安になってしまい……そんな時に、あの広場でハルトさんに助けられたんです。そして今回の護衛依頼でも、強さを目の当《ま》たり《あ》にして……ハルトさん、私とパーティを組んで、鍛《きた》えてくれませんか！」

言い切ったフィーネは、再びバッと頭を下げた。

うーん……自分では弱いと言ってたけど、フィーネはCランク、十分に実力はあるはずだ。

もっと上を目指すために、俺に鍛えてほしいということだろう。

そうだな、鍛えてやることはできると思うが……俺は世界を回る旅をしていくつもりだ。それに付いてきてもいいなら、って感じだな。

考えをまとめると、フィーネの目を見て言う。

「俺は世界を回る旅をしている。鍛えるとなると、一緒に付いてきてもらうことになるが……それでもいいのか？」

俺の問いかけに対して、フィーネは真剣に返してきた。

「はい。私はもっと強くなりたいのです。それにハルトさんと一緒の旅なら……」

最後の方はよく聞こえなかったけど、旅が問題ないなら正式に決定だな。

「分かったよ。明日はパーティ申請をしにギルドに行くか」

「はい！　ありがとうございます！」

フィーネの元気一杯な笑顔を見て、俺は思わずドキッとしてしまったのだった。


そして翌朝、朝食を食べた俺は、フィーネと一緒に冒険者ギルドへと向かう。

ソフィアさんによると、ライアンたちはもう宿を出たみたいだ。

冒険者ギルドに到着して扉を開けると、昨日見た奴がいた。

「中央通りで縛られた状態で全裸になって、皆に見られたのは気持ちよかったぞ！」

例の全裸男だ。

「流石です！　ならば今日は私がやりましょう‼」

「「「おおおお！」」」

なんか周りの連中が凄い盛り上がってるけど……巻き込まれないように無視しよ。

俺とフィーネはそちらを見ないふりをして、受付へと向かう。

その途中、近くの椅子に座っていた男二人組が、俺たちを見てこそこそと話しているのに気が付いた。

「おい、昨日の奴だ。見ろよ、いい身体《からだ》をしているぞ」

耳を澄ました途端にそんな声が聞こえて、俺は『まさかフィーネを狙ってるのか？』と身構える。

しかし次の瞬間聞こえてきた言葉に、思わず固まってしまった。

「やはりあの男の筋肉と雰囲気は……強者の予感がするぞ！　戦いたい！　戦いたいぞ！」

「やはりそうか！　俺もなんだ！」

俺狙いかよ！

背筋《せすじ》に寒気《さむけ》が走るのを感じながら、必死に無視して受付へと進む。

受付嬢にパーティを組みたい旨《むね》を伝えると、あっさりと登録できた。

「……これで完了です。それと、ハルトさんとフィーネさんには盗賊討伐の報奨金が出ましたので、お二人の口座に入れておきました」

おお、もう報奨金が入るのか。

「ありがとう」

礼を言ってギルドを出た俺たちは、フィーネが行きたい場所があるということで、別行動になった。

ぺこりと頭を下げてから、フードを被って去っていくフィーネ。

ここに来る途中でもそうだったのだが、フィーネは単独行動する時、常にフードを被っていた。おそらく目立たないようにするためなんだろうな。

この王都に来て初めて一人での行動ということで、面白そうなものがないかふらふらと散策する。

するとある通りで、身なりのよい少女が、冒険者らしき三人組に絡まれているのを見付けた。

少女の方は怯《おび》えているようだが、それなりに人通りの多い道だというのに、誰も彼もが遠巻きに見ているだけで、助けようとしない。

彼らの足元には、少女が持っている籠《かご》から落ちたらしき果物が散乱《さんらん》していた。

……なんか、ちょっと前に見たような光景だな。

俺はうんざりしながら、近くにいた人に話を聞いてみる。

「何があったんだ？」

「買い物をしていた少女にそこの冒険者たちが絡んでいるんだよ……しかもそいつがCランクの冒険者だから誰も助けられないんだ」

「そうか、ありがとう」

下手に首を突っ込むと怪我をするということで、誰も手を出せないらしい。

まあ俺なら問題なく倒せるだろうと思い、その四人に近付いた。

「なんだお前は？」

冒険者の一人がそう言ってくるが、俺は無視して、落ちている果物を拾って少女に渡す。

「大丈夫か？　ほら、落ちたのならすぐに拾わないと傷《いた》むだろ？」

「え？　あ、ありがとうございます」

果物を拾い終えた俺は、冒険者にチラリと視線を向けてから、少女に言った。

しいよ」
「危ないから家まで送っていこうか？　……まったく、こんな奴らは同業者として恥ずか
　そうして少女に笑いかけると、俺の態度と発言が気に障《さわ》ったのか、先ほど声をかけてき
た冒険者が声を荒らげた。
「なんだテメェ！　ブチ殺すぞ！」
　物騒《ぶっそう》なことを言う冒険者へと、俺は軽く威圧を放ちながら、「あぁ？」とドスをきかせ
た声を出す。
　絡んできた冒険者たちは一歩後ずさると、「ひぃぃぃ」とみっともない声を上げてその
場から走り去っていった。
　その様子をポカンと見ていた少女は、慌てた様子で頭を下げてきた。
「あ、あの、助けてくださりありがとうございます。私の名はアーシャと言います。呼び
捨てにしていただいて大丈夫です。このお礼はいつか必ずいたします」
「たいしたことはしてないし、お礼なんていらないよ。それより家まで送っていこうか？」
「いえ、大丈夫です……近いうちに主人と一緒に挨拶に伺《うかが》いますので。それではまた」
「主人？　アーシャ、それはどういう――」
　俺が言い終わる前に、アーシャという名の少女は走り去っていく。
　俺は意味が分からず、その場にしばらく突っ立っていたのだった。

気を取り直した俺は再び散策しながら、アーシャの発言の意味を考えていた。

近いうちに主人と一緒に挨拶に伺います、ってどういうことなんだ？　綺麗な身なりだったし、主人ってことは貴族なのかもしれないが……

そんな考え事をしながら歩いていると、見たことのない道具が並んでいる店があり、興味を引かれて入ってみた。

並んでいる商品のいくつかは、ここに来るまでの街でも見たことがあるような気がするが……

「これはなんだ？」

その道具を手に取って店主らしきばあさんに聞くと、ひどく驚かれた。

「なんだあんた。魔道具《まどうぐ》を知らないのかい？」

「魔道具？」

名前からするに、魔法の道具ってことか？

「なんだ、本当に知らないのかい……」

「ああ、田舎で育ったものでな……こいつについて教えてもらえないか？」

俺の言葉に、ばあさんは「分かった」と言って説明をしてくれた。

それによると『魔道具』とは、道具に魔法術式を書き込んだものらしい。魔力を流すことで術式が発動、道具が動き出すんだとか。五百年ほどの歴史があるそうだ。

「なるほど、面白いな。教えてくれてありがとう」

「はいよ、よかったら買っていくかい？」

「せっかく説明してもらったのに悪いが、また今度にさせてもらうよ」

俺は軽く頭を下げながら、店を出た。

散策を再開しながら、機会があれば魔道具を作ってみるのも面白そうかも、なんて考える。

《スキル〈魔道技師《まどうぎし》〉を獲得しました。スキルレベルが10となり〈魔法統合〉へと統合されます》

……うん、いつも通りいつも通り。

無機質な声と共に、魔道具を作るための知識が頭に流れてくる。

かなり細かい部分まで入り込んでくるが……並列思考と思考加速がなかったら脳みそがパンクしてたな。

必要な材料なんかの知識も入ってきたし、暇な時に素材を集めてみるかな。

王都の半分ほどを散策した頃には日も暮れ始めていたので、俺は宿に戻ることにした。

「あれ？　ハルトさんも今帰ったのですか？」

「ああ、奇遇《きぐう》だな」

俺はフィーネに笑いかけながら、ドアを開けて先に通してやる。

それから夕食の時間になり、俺たちは二人でテーブルについて、今日のアーシャとの出来事を話した。

ちなみにライアンたちは、どうやらまだ戻っていないらしい。

「――ってことがあったんだけどさ。そういえばフィーネは何をしていたんだ？」

「そんなことがあったのですか。私は、この王都にしかないアクセサリーがあると聞いていたので、それを買いに行ってました」

フィーネはそう言って、青い小さな宝石がついたネックレスを見せてくれた。

「綺麗だな」

宝石を見ながら言うと、フィーネがパッと顔を輝かせて「そうですよね！」と返してくる。

顔を上げた俺は、ついその笑顔に見惚れてしまった。

「……あの、私の顔に何か付いてますか？」

「い、いや、なんでもない」

「そうですか？」

俺は照れ隠しのため急いでご飯を食べるのであった。

夕食を食べ終えた俺とフィーネは、ソフィアさんに体を拭《ふ》くためのタオルと桶《おけ》を借りる。

「タオルが五百ゴールドで桶は千ゴールドです。水はどうしますか？」

「いらないよ。魔法が使えるからな。二つずつ頼む」

「優秀ですね。それでは、三千ゴールドです」

銀貨三枚をソフィアさんに支払ってから桶とタオルを受け取って、片方をフィーネに渡す。

部屋の前まで戻ったところで、俺はフィーネに声をかけた。

「フィーネ、桶を」

フィーネは不思議そうにしながら、桶をこちらに差し出してくる。

「そのまま持っててくれ」

俺はそう言って、フィーネの持つ桶へとお湯を注いであげた。

「え？　湯気？」

「複合魔法ってやつだよ。オリジナルのね」

火魔法と水魔法をかけ合わせることで、お湯を直接出せるのだ。

「す、凄い！　って、そうでした、タオルと桶代、払います」

フィーネが慌ててそう言うが、俺は「いらないよ」と断って、彼女が何かを言う前に部屋へと戻った。

「え？　あ、そ、その、お金は……」

これくらいカッコつけさせてくれよな。

第14話　メイドとお姫様

翌朝、俺とフィーネが一緒に朝食をとっていると、ライアンたちがやってきた。

「おはよう、ハルトにフィーネさん。俺たちは今日、この街を出ることにしたよ。ちょうどヴァーナまでの護衛依頼があったからな……そういえば、二人でパーティを組んだのか？」

「あぁ、昨日登録してきたんだ……わざわざ挨拶しにまで来てくれてありがとな、ライアン。短い間だったが世話になったよ」

俺に続きフィーネも挨拶をする。

「ライアンさん、ネイサンさん、アニータさん、イラーリさん。短い間でしたが色々とお世話になりました」

そう言って頭を下げるフィーネに、なぜかライアンたちはニヤニヤとしていた。

「そうだったか。おいハルト、フィーネは女の子なんだ、しっかりと守ってやれよ！」

「なんだよったく。そんなの当たり前だろ。お前らも死ぬんじゃねぇぞ？」

俺の言葉に、ライアンとネイサンは拳を突き出してくる。

「死ぬもんか！　じゃあな」

「ああ、死んでたまるか！　元気でな」

「おうよ！」

俺は二人の拳に拳を打ちつけて、別れの挨拶を済ませた。

フィーネの方も、時々顔を赤くしながらアニータ、イラーリと別れの挨拶をしていた。

騒がしく宿を出ていく四人を見送りながら、俺はフィーネと今日のこの後の行動について話し合う。

「俺は昨日回れなかった場所にでも行こうと思っているんだが……フィーネはどうする？」

「そうですね。冒険者ギルドに行って、ハルトさんと一緒に依頼を受けられればいいなと思ったのですが……昨日も色々と見てたんですけど、ランク差もあってあまりいい依頼が見つからなかったんですよね」

フィーネはそう言うなりシュンとなってしまった。

うーん、そうだな……

「それじゃあ、午前は色々観光して、午後は改めて依頼を探しに行くのはどうだ？」

俺の提案に、フィーネは「いいですね！」と笑みを浮かべる。

フィーネみたいな可愛い子にそんな笑顔で言われると嬉しいもんだな。

俺は照れ隠しのように、「なら、食ったら行くか」と言って朝食の残りをかきこむのだった。


宿を出た俺たちは、ふらふらと街を見て歩く。

「これ美味しそうですよ！」

「食べてみるか。おっちゃん、今焼いているやつを二つくれ」

「まいど。二百ゴールドだ、ほらよ」

金を払って串焼きを受け取り、しばらく歩いたところで、気配が二つ付いてきているのが分かった。

ん？　なんだ？　……ちょっと誘い込んでみるか。

俺はフィーネに、何者かに尾行されていることを小声で伝える。

「フィーネ、誰かに付けられてるみたいだ」

「え！　だ、誰ですか⁉」

「静かに。慌てるとバレるぞ」

「で、ですが……」

「大丈夫だ、考えがある……付いてきてくれ」

俺とフィーネは、自然に見えるように角を曲がって路地裏《ろじうら》へと入る。そしてフィーネを隠れさせ、俺自身は気配遮断を発動した。

「たしかここを曲がっていった気が……いない⁉」

「はい。間違いなく曲がったはずですが……」

俺たちに気付かずに路地を進んでキョロキョロするフード姿の二人組に、俺は背後から声をかけた。

「俺に何か用か？」

「「きゃっ！」」

二人は可愛らしい悲鳴を上げ、ひしっと抱き合う。

俺はなるべく慎重に、その二人へと問いかけた。

「俺たちを尾行して何の用だ？」

「捜《さが》しましたよ、ハルトさん！」

そう言ってフードを取ったのは、昨日出会ったアーシャであった。

「……アーシャ？　どうして？」

「はい。昨日主人とご挨拶に伺うと言ったでしょう？　それでタイミングを窺っていたのですが……警戒させてしまって申し訳ございません」

シュンと落ち込むアーシャに、俺は苦笑しながら言う。

「なるほどね、こちらこそ驚かせてすまなかったな……あれ、主人？」

「はい。こちらです」

アーシャがそう言うと、もう一人の人物もフードを取って顔を見せた。

年齢は十三、四歳だろうか。身長は百五十センチ弱で、肌は白く透明感がある。腰まである金髪をツインテールにして、目は紅玉《こうぎょく》のように紅《あか》い。

まるで人形のように美しい少女だった。

そんな彼女が元気いっぱいに、それでいて凛《りん》とした声で自己紹介をする。

「私の侍女《じじょ》……いえ、友達を助けてくれて感謝するわ。私はこの国の第一王女、アイリス・アークライド・ペルディスよ！　それと今はお忍び中なので敬語は不要よ！」

「声が大きいですよ姫様」

「うう、ごめんなさい」

ドヤ顔で大声を上げるアイリスに、アーシャが注意する。

俺はまだ名乗っていなかったことに気が付いて、自己紹介をした。

「冒険者をしている晴人だ……一国の王女がそんなに軽々しく礼を口にしていいのか？」

「あなたこそ、一国の王女によく緊張しないでいられるわね？　友達を助けた相手にお礼を言うのは当然じゃない……それにアーシャから聞いたけど、本当に謝礼《しゃれい》はいらないの？

お金でも権力でも、私ならある程度は用意ができるんだけど？」

そう言って首を傾げるアイリス。

うーん、金は冒険者ギルドに預けてる分だけでもかなりあるし、権力も必要ないんだよな。

「お忍びだからむしろ畏《かしこ》まらない方がいいだろ？ それに、権力も金もいらないな」

「肝《きも》が据《す》わってるわね……それにずいぶんと無欲ね。私が姫と知ったら媚《こ》びてくるか、機嫌を取ろうとしてくるものよ？」

どこか嬉しそうにアイリスがそう言うと、アーシャが提案してきた。

「立ち話もなんですし、お茶でもどうですか？ ……それとハルトさん、一緒に歩いていた方は？」

「そうだな。フィーネ、もう出てきて大丈夫だ」

二人に紹介しようと、俺はフィーネを呼んだ。

「わ、分かりました」

物陰《ものかげ》から出てきたフィーネは、緊張しながら自己紹介する。

「お、同じく冒険者をしているフィーネと言います。ハルトさんとはパーティを組んでいます」

「そうなの、よろしくね。フィーネも敬語じゃなくていいわよ！ ……そうだ、この近くに、私がよく行く喫茶店《きっさてん》があるからそこに行きましょう」

王女なのによく行くって……まあ、いっか。

店に移動した俺たちは、少し奥まった席に通してもらう。

それからアイリスが店主に「いつもの飲み物を四つお願い」と注文した。

俺とフィーネが困惑していると、アイリスはニヤリと笑う。

「ここの果実ジュースは美味しいのよ。お金は私が払うわ」

なるほど、それならお言葉に甘えることにするかな。

そしてすぐに、店主がグラスを運んできた。

「お待たせいたしました。果実ジュースです」

「ありがとう」

アイリスが運んできた店主に礼を言って、それぞれの前にグラスが置かれる。

「さあ、飲んで飲んで！」

アイリスはテンション高く、俺とフィーネに勧《すす》めてくる。

果実ジュースの見た目と匂いはオレンジジュースに似ているが……

一口飲むと、柑橘系《かんきつけい》の酸味《さんみ》と甘さだけでなく、リンゴに似た甘みやブドウのような絶《ぜっ》
妙《みょう》な渋《しぶ》みが口の中に広がった。甘さがしつこくないので、とても飲みやすい。

「美味しいな」

「そうですね。この甘さがなんとも言えません」

俺とフィーネが果実ジュースを絶賛《ぜっさん》していると、アイリスは「でしょでしょ！」と言って自分も飲んで表情を緩める。

それからは、アイリスにお願いされたので冒険の話をしてやった。

楽しげに話を聞いているアイリスを見ていると、自然と頬が緩んでくる。

俺に妹がいればこんな感じなんだろうな……

でもこういうニヤけた表情は顔には出したくないな……なんて思っていると、毎度おなじみの声が聞こえてきた。

《スキル〈無表情《ポーカーフェイス》〉を獲得しました。〈武術統合〉へと統合されます》

おっ、色々と使えそうなスキルが手に入ったな。しかもナイスタイミングだ！

「――それで、フィーネとはこの王都に来てからパーティを組むことになったんだよ」

「そうなんだ……この国にはどれくらいいるの？」

少し寂しそうな顔をするアイリス。

「そうだな。一週間くらいはいようと思っていたけど、急ぐ旅でもないからもっと長くいるかもしれないな」

俺がそう言うと、アイリスは安心したような笑みを浮かべた。

「そんな顔してどうした？」

「ハルトの話、知らないことがたくさん聞けてとても面白いのよ。この国にしばらくいるなら、また会えるかなって。他の人たちはご機嫌取りばかりしてくるから嫌いなのよね……」

「そうだったのか。ま、俺でいいならいつでも話してやるんだがな」

「ほんとに⁉」

アイリスは花が満開になったかのようにパァーっと笑顔になる。

「ああ。時間があればいつでもな」

「ありがとう！」

アイリスは喜びいっぱいという表情でそう言った。

思わずドキッとして頬が緩みそうになるが、無表情《ポーカーフェイス》のお陰で表には出ていないはずだ。

俺は自然に見えるよう微笑みを浮かべた。

それからはフィーネもアーシャも交えて話していたのだが、ふと外を見ると薄暗くなってきていた。

そろそろ解散することにして、俺はアイリスとアーシャに城まで送ると伝える。

しかし二人とも首を横に振った。

「大丈夫ですよハルトさん、この街は治安がいいですし」

「そうは言うけど、二人とも可愛いから襲われるかもしれないだろ。昨日だって、アーシャが絡まれていたからな」

アーシャは昨日のことを思い出したのか、「うっ」と変な声を漏らす。

「そ、それは……分かりました。では、お願いします」


店を出た俺たちは王城を目指して歩いていたのだが、フードを被ったアイリスとアーシャは途中、俺が可愛いと二人のことを褒《ほ》めたのを思い出したようで、顔を赤くしていた。

照れてる姿も可愛いなーなんて思っていると、周囲に全く人通りがなく、異様に静かなことに気付いた。

次の瞬間には俺の気配察知に反応があり、顔を隠して武装した男十人が路地裏から現れた。

俺たちに一番近い一人、おそらく集団の頭《かしら》だろう男が、こちらをじっと見つめて口を開く。

「……貴女《あなた》がアイリス姫で間違いないな？　悪いが命を貰うぞ」

まさかと思っていたが、このタイミングで暗殺者が現れるとはな……送り届けることにして本当によかったよ。

そう思っていると、アーシャが一歩前に出て叫んだ。

「そんなことをして許されると思っているのですか!?　すぐに警備が来ますよ！」

しかし頭《かしら》は怯むことなく、不気味な笑い声を上げた。

「ククク……警備は来ないぞ。この辺りは封鎖《ふうさ》しているからな……その証拠に、周囲に人間がいないだろ？」

「そ、そんな……」

それを聞いたアーシャは、恐怖に体を震わせて座り込んでしまった。

「抵抗は無意味ってことだ……さあ、おとなしく命を差し出すのだな」

頭《かしら》がそう言うと、アイリスはフードを外して名乗り出した。

「わ、私がこの国の第一王女、アイリス・アークライド・ペルディスよ。この人たちには手を出さないで！」

勇ましくそう言うアイリスだったが、その足は震えていた。

「そうか……だがそれは無理な話だ。目撃者を残すわけにはいかないからな……殺《や》れ、お前ら」

「そんな……」

男が命令するなり、残りの九人が一斉に矢を放ってきた。

矢の先は、何かが塗《ぬ》られたように濡《ぬ》れているが……おそらく毒、それもかするだけで即死するほどのモノだろう。

ったく、俺を無視するなよな。

内心でそう呟きながら、結界魔法を発動する。

一瞬で完成した結界に矢はあっさりと弾《はじ》かれて、地面に落ちた。

「こっちが大人《おとな》しく殺されると思ってるのか？」

「なっ⁉」

男たちは、矢が弾かれてしまったことに驚きの声を上げている。

すると次の瞬間、アイリスが悲痛《ひつう》な叫び声を上げた。

「ハルトたちは逃げて‼」

「え？　やだけど？」

俺が即答すると、アイリスが一瞬キョトンとする。

「……え？　なんで逃げないの！」

「クソっ！　そこの男を先に始末しろ！」

男たちが再び矢を放ってくるが、またしても結界に弾かれる。

そんな騒がしい結界の外の光景を無視して、俺はアイリスに笑いかけた。

「だって俺たちは友達だろ？　また喫茶店で楽しく話そうぜ」

「そんな理由で……早く逃げ――」

「まあまあ。フィーネ、大丈夫だとは思うが二人を任せた。結界からは出るなよ」

「分かりました」

フィーネが頷くと、アイリスは黙り込んで俺を見つめる。

俺は結界の外に出て、後ろから聞こえてくるアイリスとアーシャの声を聞きながら、男たちへと接近した。

「ちっ！　殺《や》るぞ！」

頭《かしら》がそう言うと、幾人《いくにん》かが弓を捨てて剣を抜く。おそらくあの剣にも毒が塗ってあるんだろうな。

まずは襲いかかってきた三人の攻撃をかわし、後ろに回り込む。

そして同時に『抜刀術』で黒刀を抜いた。

三人はこちらを振り返ることもできずに倒れ込み、その頭部は胴体から離れてコロコロと転がっていった。

黒刀を振るって血を払っていると、矢が飛んできた。

すかさずそれを切り落とし、縮地で射手に接近、そのまま刀を喉に突き入れる。

もう一人の射手も少し離れた所にいたので、こちらも縮地で接近して心臓を一突きした。

「凄い。一瞬で五人を……」

「す、凄い……です」

後ろの方から、アイリスとアーシャの驚いたような声が聞こえてきた。

一瞬にして仲間五人が殺られたのを見た頭《かしら》がポカンとしていたので、俺は威圧を放ちながら近付いていく。

「どうした、かかってこないのか？　だったらこちらから行くぞ？」

なんだか俺が悪者みたいだなーとは思うが、悪は目の前の連中、俺は言うなれば正義の味方……のはずである。

「うっ、ひ、怯むな！　全員まとめてかかってコイツを殺せ！　行くぞ！」

頭《かしら》がそう言うと、五人同時に襲いかかってきた。

しかし俺は、まず一番近い二人の首を黒刀で落とし、次に近付いてきた奴のみぞおちを刀の柄《つか》で殴りつける。

距離をとろうとした四人目には、魔力操作で魔力弾を作って、胸部を打ち抜いた。

頭《かしら》はその光景を見て、攻撃するか撤退するか判断に迷ったのだろう、一瞬動きを止める。

しかし俺はわずかな隙を見逃さず、すかさず接近して右腕を切断した。

「くっあぁぁぁぁぁッ！　腕がっ！　くそ！」

火魔法で炎を出して止血してやったのだが、その苦痛でなおも叫ぶので、回復魔法で痛みだけを止めてやった。

ようやく静かになったところで、他に敵がいないか確認してから、頭《かしら》を結界の目の前まで連れていく。

アイリスは頭《かしら》と目を合わせると、静かに尋ねた。

「貴方たちが何者で、依頼主は誰なのかを教えてくれる？」

「うっ、そんなの、答える、はずが……ない、だろ」

男はそう言って、思いきり歯を噛《か》み締《し》めると、そのまま脱力した。

……口の奥に毒でも仕込んでいたか。

俺はため息をついて、暗殺者どもの死体を一か所に集めておく。

……首を飛ばしたのはやりすぎたかな、と思ってアイリスやアーシャを見るが、二人は怯えを表に出さないように気丈《きじょう》に振る舞っていた。

俺は気絶させた一人を近くにあったロープで縛り、安全が確保できたところで結界魔法を解除した。

するとすかさずアイリスとアーシャが駆け寄ってくる。

「ありがとう。お陰で助かったわ」

「ハルトさん、本当にありがとうございます……そちらの縛った人はどうするのですか？」

俺はまだ少し震えている二人の言葉に応える。

「俺は自分がしたいようにしただけだよ……それと縛ってるコイツは、情報を吐かせるために生かしておいた……大丈夫だったか？」

「ええ、そのまま王城に連れていってもらって大丈夫よ」

アイリスが頷いたのでそうすることにした。

フィーネも近寄ってきて「お疲れ様です」と言ってくれたので、俺は微笑を浮かべる。

そうして、気絶させた暗殺者を引きずりながら、アイリスとアーシャを王城まで送っていくのだった。

第15話　謁見

俺たちは現在、城門前で兵士たち十人に武器を向けられていた。

「そこのお前、今すぐに姫様とメイドを解放しろ！　そうすれば命までは取りはしない！」

……俺が行く先にはトラブルしかないのか？　勘弁《かんべん》してくれ。

こんな事態になっている原因は、五分前に遡《さかのぼ》る。

暗殺者を引きずりながら王城へと向かう途中、アイリスが唐突に口を開いた。

「そうだ、命の恩人なんだから何か褒美《ほうび》をあげないとね♪」

褒美か……でもなぁ。

「さっきも言ったけど、欲しいものは特にないからいらないな」

俺はそう言って辞退《じたい》するのだが、アイリスは譲らない。

「でも、昨日アーシャを助けてくれた分もあるんだし、受け取ってほしいんだけど……」

アイリスの言葉に賛同するようにアーシャもコクコクと頷く。

これは何度いらないと言っても引かないだろうなと感じた俺は、諦めて「分かったよ」と返した。

そうこうしているうちに王城へと続く階段に辿り着き、俺とフィーネはそれを見上げる。

「にしても長い階段だな……」

「そうですね。上るのも一苦労しそうです」

ため息をつきながら、俺たちは階段を上っていく。

上り切った場所は少しだけ開けていて、十メートルほど先には城門がある。

右側には坂道があるので、馬車なんかはあっちを使って上ってくるのだろう。

城門の前には門番らしき兵がいたのだが、彼らは見慣れない俺とフィーネがアイリス、アーシャと一緒にいるのを不審に思ったらしい。

すぐさま詰所から応援を呼び、こちらに向かって語りかけてきた。

「そこのお前！　なぜ姫様とその侍女が一緒にいる！　まさかお二人を人質《ひとじち》に王城に乗り込もうとしているのではあるまいな！」

「人質も何も、俺は暗殺者から姫様を助けてここまで連れてきただけだ」

「暗殺者……？　そんなことを言って騙せると思うなよ！　姫様を人質に取るとはなんた

る外道《げどう》！　早く姫様を解放するんだ！」

「だから人質にしてないって！　ほら、この縛ってる奴が暗殺者だから！　頼むから人の話を聞いてくれ‼」

俺は暗殺者を見せようとするが、その動きを見て兵たちが身構える。

「なっ、何をする気だ貴様っ！」

「皆、ちょっと待ちなさ――」

怒鳴る兵にアイリスが言葉をかけようとしたが、それを遮って兵が号令をかける。

「姫様、今お助けします‼　総員構えろ！」


――そうして、このような事態になっているのだった。

それにしても……ダメだこいつら、話を聞く気がなさすぎる。

アーシャはどうしたらいいのか分からない様子だし、アイリスなんか言葉を遮られてわなわな震えてるし。

どうするかな、ここで戦っちゃったら流石にまずいよな……

悩んでいると、アイリスが一歩前に出て叫んだ。

「だからちょっと待ちなさいって言ってるでしょ！」

「姫様？　どうなさいましたか？　まさかお怪我でもなされたのですか⁉」

不思議そうに聞いてくる兵士。

「私は大丈夫です！　それとこの人たちは私の命の恩人です！　だというのに武器を向けるとは……早く武器を下げなさい！　大体、私の発言を遮るとはどういうことですか！」

そのアイリスの言葉を聞いて、兵士たちは慌てて武器を収め、頭を下げた。

「申し訳ございません姫様！　……ですが、それは本当なのでしょうか？」

「本当よ。詳しいことはアーシャから話を聞きなさい……アーシャ、あとはお願い」

「分かりました。説明させていただきますので、兵の皆さんはこちらに」

……アイリス、絶対面倒くさいからアーシャに丸投げしただろ。

そう思いながらジト目をアイリスに向けていると、振り向いた彼女と目が合う。

しかし一瞬で逸《そ》らされてしまった……やっぱりか。

しばらくしてアーシャの説明が終わると、すぐに兵士数人が俺の連れてきた暗殺者を引き取って、アーシャの案内で襲撃現場へと向かう。

その報告を受けたアイリスが、俺に向き直って口を開いた。

「ごめんなさいね。私はお父様に報告してくるから、ちょっと待っていてもらっていいかしら……見張りをつけることになるけど」

「ああ、大丈夫だ。流石に確認が取れるまでは、兵士たちの疑いは晴れないだろうしな」

「そう言ってもらえると嬉しいわ……それじゃあ行ってくるわね♪」

「分かった」

「分かりました」

アイリスの言葉に、俺とフィーネは頷く。

十五分ほどで、アーシャが兵士たちと一緒に帰ってきた。

そして兵士たちは戻ってくるなり、俺に向かって頭を下げる。

「申し訳ございません！　姫様を助けていただいたのに話を聞かず武器を向けてしまい……」

「いや、顔を上げてくれ。門を守る立場なんだ、俺がお前らの立場でもそうするさ」

「そう言っていただけると助かります。姫様を助けてくださって本当にありがとうございました！」

兵士たちはそう言うと、アーシャと共に城の中へと向かっていった。

それからまた五分ほどすると、門の前にいた兵よりも上等な鎧を着た兵がやってきた。

近衛兵《このえへい》だろうか。

彼は俺を見て軽く頭を下げてから口を開いた。

「この度は姫様を助けていただき、まことにありがとうございます。陛下と王妃殿下《おうひでんか》、姫様がハルト様にお礼をしたいと、謁見の間でお待ちです。大変急ですが、お越しください」

「分かった。連れも一緒で大丈夫か？」

「はい。陛下からは一緒に連れてくるよう仰《おお》せつかっておりますので」

「ありがとう。フィーネ、問題ないな？」

俺がフィーネに向き直ってそう聞くと、彼女はガチガチに緊張していた。

「わ、私も行ってもいいんでしょうか？　国王陛下との謁見なんて……わ、私には」

「王城になんて滅多《めった》に入れないだろうし、王様と話すのは俺なんだからフィーネは緊張しなくていいんだぞ？」

「……分かりました」

「決まりだな」

フィーネは少し悩んでいた様子だったが、俺が説得すると頷いた。

俺とフィーネは、近衛兵の案内で城へと入る。

門をくぐると、建物の中だというのにとても広々としていた。

廊下《ろうか》の壁には絵画《かいが》が飾《かざ》ってあったり、柱のそばには高価そうな壺《つぼ》や全身鎧の彫刻《ちょうこく》が置かれていたりと、かなり豪奢な感じだ。

謁見の間の前に着いたあたりで、ふと気になったことを近衛兵に確認する。

「そういえば、礼儀や作法なんて知らないのだが、大丈夫なのか？」

俺の言葉に、近衛兵は頷く。

「陛下はそれらを気にする方ではありませんので、最低限で大丈夫です。謁見の間に入りましたら、陛下の近くまで進んでから片膝を突き、手を胸の位置に置いて頭を下げてください。それで結構ですので――それではしばしお待ちください」

「分かった。ありがとう」

少し待つということで、俺は扉を観察する。

色鮮《いろあざ》やかで細やかな細工《さいく》がされていて、扉自体が一つの工芸品のようだ。グリセントの王城よりも豪華だな。

「――それでは入室していただきます」

準備が整ったのか、近衛兵の言葉と共に内側から扉が開く。

謁見の間の奥の方は少し高くなっていて、きらびやかな椅子が二つ並び、男女が座っていた。

言われた通りに中へと進む途中、フィーネの歩き方がロボットのようにぎこちなかったので、思わず小声で突っ込んでしまった。

「緊張しすぎだ、フィーネ」

「そ、それは緊張しますよ！　陛下の前ですよ⁉」

同じく小声でそう言ってくるフィーネに苦笑しているうちに、国王の近くまで着く。

俺たちはその場で片膝を突いて胸に手を当て頭を下げ、国王の言葉を待った。

「遅い時間だがよくぞ来てくれた。私はこの国の王であるディラン・アークライド・ペルディスだ……面《おもて》を上げてくれ」

国王に言われた通りに顔を上げて、その顔をまっすぐに見る。

国王は、四十代前半くらいのナイスミドルなおっさんだった。

「ご挨拶の場をいただきましたこと、心より感謝いたします。私は冒険者をしております晴人と申します。こちらはパーティを組んでいるフィーネです」

「フィーネと申します」

俺とフィーネは自己紹介しつつ再度頭を下げる。

「そんなに堅苦《かたくる》しい言葉遣《づか》いは不要だ……此度《こたび》のことは感謝してもしきれぬ。王女を助けてくれて、本当に感謝する」

「ハルトさん、フィーネさん。私はアマリア・アークライド・ペルディス、この国の王妃です。王女を助けてくださって、本当にありがとうございました」

やはり親子と言うべきか、王妃はアイリスをそのまま大人にしたような、美しい女性だった。

そして王妃のその言葉の後、国王と王妃が立ち上がって、俺たちへと頭を下げてくる。

周囲にいた側近《そっきん》が「へ、陛下……陛下が頭を下げられることはないのでは⁉」と声を上げるが、国王は姿勢をそのままに言い放った。

「娘の命の恩人に対して、そのようなことはできぬ……ハルトよ、本当に感謝する」

　俺は慌てて、国王と王妃に言う。

「陛下、どうか頭を上げてください。皆様が言うように、陛下が頭を下げられる必要はありません。私は人として当たり前のことをしたまでです。困っている人がいたから助けた、それだけなのです」

　国王は頭を上げるが、首を横に振った。

「それでもだ。本当にありがとう……そうだ、アイリスを助けてくれたお礼に何か欲しいものはないのか？　この国の地位でも金でも、望むものが用意できると思うが」

　うーん、繰り返しになるけど、本当に何もいらないんだよな……

「僭越《せんえつ》ながら、地位もお金も、辞退させていただきます」

「ふむ、ハルトは無欲だな」

「私は自由を求める冒険者です。そのようなものは不要でございます」

　俺の言葉に、国王は少し嬉しそうにする。

「そうであるか……ではフィーネよ。そなたは何か欲しいものはないのか？」

「は、はい。わ、私は姫様が襲われている時は何もできませんでしたので、何かをいただける立場ではありません……恐縮《きょうしゅく》ですが私も辞退させていただきます」

「そなたも無欲か……分かった。だが、後でそれ相応のものをこちらで用意させてもらおう。こちらの都合で申し訳ないが、何もしないというのはメンツにもかかわってくるのでな」

国王はそう言い残すと、王妃を連れて謁見の間から出ていった。

その後俺たちも近衛兵に案内されて謁見の間を出たのだが、扉をくぐったところで、また別の近衛兵が声をかけてきた。

「ハルト様、フィーネ様。陛下が個人的にお会いしたいとおっしゃっております。客間まで来ていただいてよろしいでしょうか？」

国王が個人的に俺と会いたい？　まぁ、付いていけば分かることか。

「ああ。構わない」

俺は案内されるがまま、客間へと向かうのだった。

客間に入ると、アイリスと国王、王妃がソファに座っていた。そのすぐ後ろには老執事《しつじ》が一人。

国王も王妃も、先ほど謁見の間で会った時よりも優しい雰囲気だ。

促されて俺たちもソファに座ると、改めて礼を言われた。

「ハルト殿《どの》、フィーネ殿、改めて、アイリスを助けてくれてありがとう。国王ではなく、一人の父親として礼を言う」

「私からも王妃ではなく一人の母親としてお礼を言うわ。本当にありがとう」

「ハルト、本当にありがとうね♪」

国王、王妃、アイリスは順にそう言って、座ったままだが深く頭を下げた。

「頭を上げてください。親しく話した人が、自分の目の前で殺されるのを見たくなかっただけですから」

俺が言うと、三人は頭を上げた。

ちょうどそのタイミングでメイドが入ってきて、俺たちの前に紅茶が入ったカップを置く。そのメイドが下がってから、国王が再び口を開いた。

「本当にありがとう……それと二人とも、ここでの敬語や礼儀は不要だ。私が話したくて呼んだのだ、それで礼儀を押しつけるのもおかしな話だろう。いつも通りの口調で構わんよ。私のことも、ディランでよい。な、アマリア？」

「ええ。そうね。私のことも、アマリアと呼んでいただいて大丈夫よ」

敬語は苦手《にがて》だから遠慮なく甘えさせてもらおう……フィーネは難しい顔をしているが。

「それでは、ゴホン。ディランさんとアマリアさん、アイリスと呼ばせてもらうよ」

「私はいつも通りにするのは難しそうです……申し訳ございません」

フィーネのその言葉に、ディランさん、アマリアさん、アイリスが苦笑する。

「あぁ。気にすることはない」

「最初はそんなものよ」

「逆に全く態度が変わらないハルトが凄すぎるのよ」

「まぁそれが俺だからな」

そんな態度を取る俺に、フィーネが小声で「ハルトさん、なんでそんなに気楽でいられるんですか……？」と問うてくる。

俺も小声で「慣れればいいじゃないか」と返したのだが、「相手は王族ですよ⁉　無理に決まっているじゃないですか！」と叱《しか》られてしまった。

俺たち二人のその様子を見て、ディランさんは微笑みながら問いかけてきた。

「そういえば二人とも冒険者ということだったが、ランクはどれくらいなのかね？」

「俺がAでフィーネがCだな」

俺がそう即答すると、アイリスが驚きの声を上げた。

「え！　ハルトってばAランクだったの⁉」

「あれ、言ってなかったっけ？」

「聞いてないわよ！」

すっかり言ったつもりになってたわ。

「その歳でAランクなのか、暗殺者どもを返り討ちにできるのも納得だ……待てよ、Aランクのハルトと言えば、あの黒狼を壊滅させた冒険者ではないか⁉」

騒ぐアイリスとは対照的に、ディランさんは納得した様子だったが、ふと気付いたように声を上げた。

そっか、もう王様まで話が行ってるのか。

「ああ、それも俺のことだな」

「なんと！　それではすでに我々は、ハルト殿に助けられていたということではないか！」

「まあ！　でしたら褒美を増やさなければなりませんね」

俺の返事に、ディランさんもアマリアさんもテンションが上がる。

「いや、だから何もいらないんだけど……」

「いやいや、さっきも言ったが何も渡さないというのは王家のメンツにかかわるのだ。それに、これはアイリスの親からの礼だと思ってほしい」

む、親からと言われると断りづらいな……

「分かった、ありがたく受け取ろう」

俺の返事を聞いたディランさんは嬉しそうに笑みを浮かべ、近くに控えていた老執事に声をかける。

老執事は頷いて部屋を出たかと思うと、すぐに戻ってきた。

「ではハルト殿とフィーネ殿、受け取ってくれ……ゼバスチャン、その革袋を彼らに」

ゼバスチャンて！　『セ』じゃないのかよ、惜《お》しい！

そんなくだらないことを思いながら、フィーネが恐縮しつつ革袋を受け取るのを眺める。

そして彼女は中身を確認した瞬間、驚愕の声を上げた。

「こ、こんなに……こ、国王陛下！　何もしていない私には、このような金額は受け取れません！」

フィーネは俺に革袋を渡しながら、慌てた様子でディランさんに言う。

俺もその革袋の中身を確認すると、そこには黒金貨が五枚入っていた。

……えっと、黒金貨は白金貨の十倍の価値だから……五億ゴールド⁉

え？　まじで？　本当にいいのか？

俺も思わず驚愕の表情でディランさんを見つめてしまったのだが、当のディランさんはこちらを手で制してから言った。

「二人にはそれほどのことをしてもらったのだ。正直、それでも足りないと思っているくらいだよ。だから受け取ってくれ」

「ディランの言う通りよ。あなたたちは娘の命の恩人ですもの」

アマリアさんも、ディランさんに同意して頷く。

「……分かったよ。ありがたく受け取らせてもらうよ」

根負《こんま》けした俺は、おとなしく受け取ることにした。

「……だけどこれほどの額は持ち歩けないな。冒険者ギルドの口座に振り込めないか？」

「それもそうだな。ではそうすることにしよう」

「助かるよ」

ちなみに分配は、俺が三枚、フィーネが二枚だ。

フィーネは「私はハルトさんの後ろでお二人を守っていただけですので」と言って受け取ろうとしなかったが、俺が渡すと言って譲らなかったので諦めて受け取った。

それからディランさんに聞かれたので、冒険者としてどれくらい活動しているのかを答えたのだが――

「――まさか登録してから一週間でAランクまで上がるとは……ハルト殿には驚かされるな」

驚きに目を見開きながら、ディランさんがそう言う。

「俺のことは呼び捨てで構わないよ。一週間はともかく、一ヵ月もあればAランクになることなんて珍しくないんじゃないのか？」

「分かった、そう呼ばせてもらおう。それと昇格の期間の話だが……一ヵ月でBランクまで上がった話は聞いたことはあるが、それでも相当に早い方だぞ」

え？　そんなもんなの？　じゃあ一週間って相当にやばいんじゃ……

ま、まあ昇格期間の話をしなければいいだけだし大丈夫だよな？

内心で冷や汗をかいていると、ディランさんが不意に話を変えた。

「おっと、もうこんな時間か。どうだ？　ハルトとフィーネ殿も、夕食をとっていかないか」

「もちろん食べていくわよね？」

アマリアさんの圧が凄いな……

どうしようかと思っていると、隣から「ぐぅ～」という可愛らしいお腹の鳴る音が聞こえてくる。

そちらを見ると、フィーネが顔を真っ赤にして俯いていた。

……しょうがない、食ってくか。


食事中、ディランさんが興味深そうに聞いてきた。

「そういえばハルト。Aランクとなるとかなりの実力だと思うが、どんな魔物を倒してきたんだ？」

「お父様、私もその話を聞きたいわ！　冒険の話は少しだけ聞いたけれど、まだまだ聞きたいもの！」

ディランさんにつられて、アイリスも楽しそうにこちらを見てくる。

うーん、そうだな。

「そんなにたいした魔物は倒してないと思うんだが……」

「そうは言うが、実際はどうなのだ？」

ディランさんの目がキラキラしている。

「そうだな……メフィストバードとグリズリーベア、それからブラックタイガーとかかな？」

俺がそう言うと、ディランさん、アマリアさん、アイリス、それにフィーネも固まる。

「ハ、ハルトよ。もう一度聞いてもいいか？」

「そ、そうよね。聞き間違いだったかしら？」

「ま、まさか。いくらハルトでもそこまで強いわけ……」

「え、えっとハルトさん？　私、その話聞いてないんですけど……」

あれ？　フィーネにも言ってなかったっけ？

「だから、メフィストバードとグリズリーベア、それからブラックタイガーとかだって……あ、もちろん一人で倒したぞ」

そう言うと四人はまた固まった後、大声で叫んだ。

「「「「た、単独で災害級とA級の魔物を倒した!?」」」」

余りの迫力《はくりょく》に、俺はたじろいでしまう。

「なんだよ、災害級って言ってもちょっと強そうなくらいで、他の魔物とそんなに変わらなかったぞ？」

「さ、災害級が、普通の、魔物……」

ディランさんはそう言ったきり、何も言えなくなってしまった。

するとフィーネが、恐る恐る俺に問いかけてくる。

「ハルトさんは災害級についてどこまで知っているのですか？」

「そうだな。Aランク冒険者が数十人、あるいは国であれば軍を動員して討伐するような強力な魔物だってことかな？」

「……それだけですか？」

「え？　うん」

俺がそう答えると、フィーネは呆れたようにため息をついてから説明してくれた。

「『災害級』とは、通常A級まである魔物の等級の、さらに上に位置する魔物を指します。その魔物が通過した後が、まるで災害に遭ったかのように荒れ果てることから災害級と呼ばれているのです。大きな街を滅《ほろ》ぼすほどの力を持つものがほとんどで、討伐にはハルトさんが今言ったような戦力が必要です……間違っても一人で戦うような魔物ではないんですよ。さらに上の等級として『天災級』というものもありますが、そちらは現在確認されていないため、災害級が実質最強の魔物ですね」

「なるほどな……それで天災級ってのは？」

気になるワードが出てきたので聞いてみると、フィーネは「やっぱり天災級も知らないんですね……」と呟いてから言葉を続ける。

「天災級とは、災害級の枠《わく》に収まらないほど強力な魔物に与えられる等級です。歴史上一度確認されたのみで、現在は存在していません。その一度確認された魔物は、ドラゴンの王――竜王《りゅうおう》だと言われています。羽ばたきは嵐《あらし》を起こし、吐いた炎は大地をマグマの湖に変え、咆哮は大地を抉《えぐ》り隆起《りゅうき》させ、国の一つや二つは滅びるとされています……実際、その竜王が現れた時は、大陸の地形が変わり当時の大国が滅んだという話が伝わっていますね」

「なんだそりゃ、よく倒せたな」

「いえ、実はその存在を倒しきることはできず、この世界のどこかに封印されているという伝承が残っているんです……それがどこかは伝わっていないのですが」

まあ、悪人が封印を解く可能性もあるもんな。

「なるほどな、ありがとうフィーネ」

「いえいえ、子供でも知っていることですから。ハルトさんが知らなくてびっくりしました」

この世界で育ったわけじゃないからな。

俺はフィーネの言葉に苦笑して誤魔化す。

そして災害級の説明を思い出して呟いた。

「災害級、マジで手応《てごた》えなかったんだけどなぁ……」

そんな俺の言葉に、全員が顔を引きつらせるのだった。


夕食を終えてゼバスチャンに城門まで送ってもらった俺たちは、その別れ際、ゼバスチャンにとあるものを渡された。

「これは？」

刃渡り二十センチくらいの短剣。鞘にはペルディス王国王家の紋章《もんしょう》が刻まれていた。

「その短剣は、王城に自由に出入りすることができるようになる通行手形のようなものです。また、持ち主の身分を王家が保証するという証明にもなります」

「……そんなものを、俺たちみたいな冒険者に渡してもいいのか？」

そう聞くと、ゼバスチャンはしっかりと頷いた。

「はい。陛下と王妃殿下、アイリス様はハルト様とフィーネ様に大変感謝しておりました。またいつでも来てほしいともおっしゃっておりまして、その短剣は信頼の証だということです」

なるほどな。それなら遠慮なくいただくとしよう。

「そうか、ありがとう。ディランさんたちには感謝していると伝えてくれ」

「かしこまりました。それではどうぞお気を付けて。王城にいらっしゃった際には、その短剣を見せて名前を伝えていただければお通しできるようにしておきますので」

そう言って頭を下げるゼバスチャンに背を向け、俺たちは宿へと戻ったのだった。

第16話　Sランク冒険者

翌日、すっかり疲れきっていた俺とフィーネは、昼過ぎになってようやく起き出した。

のそのそと昼食を食べ、昨日は結局行けなかった冒険者ギルドへと行くことにする。

道を歩きながら、俺とフィーネは昨日の夜に出された料理の話題で盛り上がっていた。

「それにしてもメインで出されたあのお肉は柔らかかったですね！」

「そうだな。口の中に入れた途端にとろけるし、肉汁が溢れてきて美味かったな」

「ですよね！　また食べたいですね！」

「そうだな。今度は飯目当てで王城に行くか」

「え？　あ、はい。行く理由がご飯目当てでもいいんですかね……」

フィーネはなんとも言えない顔をする。

まあ向こうがいつでも来ていいって言ってたんだし、いいんじゃないか？

そんな話をしていると、あっという間に冒険者ギルドに到着する。

中にいる連中で目を引いたのは、三日前に見た世紀末っぽい奴に、今は服を着ている全裸の奴……って言い方も変だが、例の変態と仲間らしき連中。そして戦闘狂っぽい二人組もいる。

二人組は相変わらずこっちを見てずっとニヤニヤしている。「喧嘩でも吹っ掛けるか？」とか聞こえたけどスルーだスルー。

そして受付嬢の前まで行ったところで、そういえば売却《ばいきゃく》していない素材がたくさんあることを思い出した。

「分かりました。では冒険者カードの提出と、こちらの台の上に素材を出してください」

「ああ。マジックバッグに入れてるんだが、量が多くて台の上に載りきらなそうだな……どうすればいい？」

俺はそう言いながら冒険者カードを受付嬢へと渡す。

「えっ、そんな大容量のマジックバッグを持ってるんですか？　それにAランクって⁉　……あっ、す、すみません！　分かりました。それではギルドの裏へと案内しますのでそちらで出してください」

受付嬢は思わず大きな声を出してしまって、周囲の注目を集める。

すぐにそのことに気付いた彼女は謝罪して、俺を建物の裏に案内した。

「ではこちらにお願いします」

俺は受付嬢の言葉に従って、素材を出した。

「こ、こんなに……しかもB級の魔物も混ざって……ハッ！　す、すみません。私では手が足りないので、他の職員を呼んできます。それと、少し時間がかかりますので中でお待ちください。終わり次第お呼びいたします」

俺たちは言われた通りに建物の中に戻り、テーブルについて待つ。

少しすると従業員が飲み物を持ってきた。コーヒーっぽい見た目のやつと、昨日飲んだ果実ジュースだな。

俺はコーヒーっぽい方を選び、香りを嗅《か》ぐ……うん、コーヒーだなこれ。

「これは美味いな」

「お砂糖《さとう》もミルクも入れないんですね……」

「そうだけど、フィーネはこの飲み物、嫌いなのか？」

「苦くて苦手なんですよね……砂糖多めなら飲めますけど……」

なにそれ、苦いの飲めないとか可愛い。

フィーネは果実ジュースを一口飲み、笑顔になる。

するとその時、戦闘狂っぽい二人組が声をかけてきた。

一人は茶髪に茶色い目の、身長百八十センチくらいの筋骨隆々の大男。背中には彼自身と同じくらいの長さの大剣を担《かつ》いでいる。

もう一人は、紺色《こんいろ》の目に坊主頭《ぼうずあたま》の、身長百九十センチほどの大男。こちらも全身が筋肉の鎧に包まれており、ガントレットをつけていた。

「よぉ坊主。今暇か？　暇だよなぁ？　なぁ？」

そう声をかけてきたのは大剣を担いだ男。

案の定《じょう》絡んできたか……めんどくさいし、とりあえず謝っとけばどっか行ったりしないかな。

「あー、申し訳ない。素材の売却待ちだから暇じゃないんだ。すまないな」

しかし二人組は、強引に話を続ける。

「そんなのまだ終わらないだろ？　今素材置きに行ったばっかりじゃねーか。裏に闘技場があるから付いてこいよ」

「そうだ。アンタが強いのは分かってんだ。俺たちの相手になれよ。な？」

ダメだ、話聞かない奴らだこれ。

はあ……しょうがない、手を抜いてさっさと負けるか。

「手を抜こうなんて考えるなよ。そうだと分かったらもう一度やるからな」

くそっ、バレてるじゃん。

俺は助けを求めて周囲の連中を見渡すが、皆目を逸らすか苦笑するだけだった。

「……はぁ、分かったよ。やればいいんだろ。ったく、なんで俺がこんなことに付き合わないといけないんだ……」

　仕方なく立ち上がったところで、隣でフィーネが目を輝かせていることに気付いた。

「ハルトさん頑張《がんば》ってくださいね！　私、ハルトさんの対人戦は昨日のアレしか見たことがないので楽しみです！」

　さっきから黙ってると思ったらそういうことか、フィーネ……だが。

　フィーネの可愛らしい満面の笑みに、俺はやる気が満ち溢れてきた。

「さぁ！　お前たち、闘技場へと行こうか！」

　そう笑顔で戦闘狂二人組に言ってやると、二人は若干引き気味な様子で「お、おう。それならよかった」と言った。お前らから誘ってきたんだろ、引くな。

　俺とフィーネ、戦闘狂二人が闘技場に向かって歩き始めると、ギルド内で暇だったのであろう冒険者たちが付いてくる。

　そしてそのうちの一人が、俺の肩を叩いてきた。

「よお。アンタ、ここらで見ない顔だから知らないかもしれないが、アイツら二人はSランク冒険者だ。悪い奴らではないんだが、強い奴を見るとああやっていつも模擬戦を吹っ掛けるんだ。ま、頑張ってくれや」

　言いたいだけ言ったその男は、ウィンクして去っていく。

　知らない男のウィンクとかマジで誰得なんだ……

っていうかあの二人、Sランクかよ。世界に五人しかいないって話なのに、なんでこんな所に二人もいて、こんな意味分からないことしてるんだ。

答えが出るはずのないことを考えていると、闘技場に到着する。

「ここが闘技場か。思ったより広いな」

思わずそう零すと、大剣を担いだ戦闘狂が答えた。

「まあ、特訓なんかにも使われるような場所だからな……さて、それじゃさっそくやるか」

やる気満々すぎるだろ。だがその前に……

「いや、ちょっといいか？　俺は無理矢理お前らに連れてこられたんだ。一つぐらいお願い事を聞いてくれたっていいだろ？」

実際は少しノリノリだったけど、こういう時はタカっておいた方がいい。

「お願い事？」

「ああ。せっかくだから何か賭《か》けないか？」

俺がそう言うと、二人は顔を見合わせてニッと笑った。

「いいぞ！　そうだな……俺はこの愛剣を賭けよう！」

「それなら俺はこのガントレットだ！　まぁ負ける気はないがな！　ガハハハッ！」

「え？　いや、そんなのいらないんだが……」

もっとこう、二度と模擬戦を挑んでこないとか、そういう条件的なものを引き出したかったんだよな……使わない武器とかいらないし。

ただまあ、武器を賭けるってのは面白いから乗ってやるか。

「……それなら俺はこの愛刀を賭けよう」

「へえ、手放すことになるが、いいのか？」

「それはこっちのセリフだぜ？」

俺の挑発に、大剣を持った男は楽しそうに笑みを浮かべる。

フィーネや勝手に付いてきた冒険者たちが観客席についたところで、俺と二人組は闘技場の真ん中で対峙《たいじ》する。

「そうだ、坊主。お前の名前を聞いてなかったな」

「坊主って呼ぶな。俺はAランク冒険者の晴人だ――で、アンタらは？」

観客席から「あんな若いのにAランク!?」というどよめきが聞こえてきた。

ちらりと目をやると、フィーネがドヤ顔をしている。

視線を前に戻すと、大剣を担いだ男が名乗った。

「そうか、ハルトというのか。その若さでAランクとはたいしたものだな……俺はSランクのダインだ。いい戦いをしようじゃないか！」

次にガントレットをつけている男が名乗る。

「Aランクなら強そうに見えたのも納得だ……俺はダインと同じく、Sランクのノーバンだ。戦うのが楽しみだな！」

ただの模擬戦なのにどんだけ気合《きあ》い入れてるんだよ、こいつら。

審判役は、見覚えのないギルド職員だった。「また俺がやるのかよ……」と呟いていたので、いつものことなのだろう。ドンマイ。

ダインとノーバンの話し合いの結果、先に戦うのはダインとなった。

ノーバンについては、ダイン戦の後に俺が戦えそうならやるそうだ。

……回復魔法使える奴を引っ張り出してでも、試合を強制されそうな気がするんだが。

そんなことを思っていると、ダインが大剣を構え、ノーバンが離れていく。

俺も黒刀の柄に手をかけ、いつでも抜刀できるよう身構えた。

観客席からは「坊主頑張れよ！」「死ぬんじゃねーぞ！」「最悪全身骨折で済むぞ！」なんていう応援なのか野次《やじ》なのかよく分からない声が聞こえてくる。

そして俺たちが構えたのを確認した審判が、声を上げた。

「今回の模擬戦では、相手への死に繋《つな》がるような攻撃、魔法等は禁止です。禁止事項が破《やぶ》られた場合は、冒険者カードの剥奪《はくだつ》および冒険者ギルドからの三年間の追放となります。また今回は、お互いの武器が賭けの対象となっています——ルールについては以上です。よろしいですか？」

その問いかけに俺とダインが頷くと同時、審判の合図が響いた。

「それでは……試合開始ッ！」

合図と共に動き出すと思っていたのだが、ダインは武器を構えたまま口を開いた。

「武器は抜かないのか？」

「俺はこれが構えだ。来るなら来い」

「ふん！　なら行くぜぇ！」

ダインは力強く地を踏みしめて、切りかかってくる。

振り下ろされる大剣はかなりの速度だが、俺は焦らずしっかり目で追って、素早く抜いた刀を大剣の腹に当てて軌道《きどう》を逸らす。

「なに⁉」

まさか逸らされるとは思っていなかったのだろう、驚愕の表情を浮かべて声を上げるダイン。

俺はすかさず、スキルは使わずにダインの横へと回り込み、刀を振るう。

しかしダインは横っ飛びで回避した。

「やるじゃねーか！　俺の初撃を剣の腹に当てて逸らすとはな。しかもそれから切りかかってくるなんて上等だ」

ダインが感心したようにそう言うのと同時に、観客たちがざわめいた。

「おいおいアイツ、なんて身体能力をしてやがる」

「いや、それを言うなら技術だろう。ダインの大剣の腹を弾いて軌道を逸らすなんて、普通はできねぇぞ！」

そんな声を聞きながら、俺はダインの発する圧が強くなっていくのを感じ、黒刀を抜いた状態で身構えた。

「オラァ！」

ダインはそのかけ声と共に、こちらへ急接近してくる。

さっきより速い。身体強化でも使ったのだろうか。

次の瞬間には、大剣が横薙《よこな》ぎに振るわれていた。

俺はすかさずバックステップでかわすが、大剣は先端《せんたん》がこちらを向いた瞬間にピタリと止まり、ダインがそのまま突きを入れてきた。

「おわっ！」

俺は思わず黒刀を振るって、大剣を弾き上げる。

しかしダインは弾かれた大剣をそのまま振り下ろしてきた。

今度は余裕をもって横にかわしたのだが、大剣はまたしても、俺の脇腹辺りでピタリと止まり、そのまま横に振られた。

さっきから不規則な動きをする攻撃に、俺は思わず叫ぶ。

「なんだそれ！」

俺は叫びながらも黒刀で大剣の薙ぎを受け、その勢いであえて弾き飛ばされる。

そのまま距離をとったところで、改めて問いかけた。

「なんなんだよ今の攻撃は？　急に止まったと思ったら角度を変えて攻撃してきたよな？」

「ハハハッ！　これが俺の戦闘さ！　今の技はかわすどころか受け止められる奴もろくにいなかったんだがな……流石だ、ハルト！　この高揚感《こうようかん》、やはり戦闘は楽しいなッ！　ハハハッ！」

うわぁ、マジモンの戦闘狂だわ……さっさと終わらせるか。

「今度は俺の番だな。いくぞ！」

俺はまず、ファイヤーボール二十個を放つ。

「ほう。魔法か。ならば全てを切るのみ！」

そう言って大剣を構えるダインへと、ファイヤーボールが飛来する。

ダインはまっすぐに飛んできたファイヤーボールを切ろうとするが、実はこの火球は全て俺のコントロール下にある。

剣の軌道を避けてダインを取り囲むように配置してから、一斉に襲いかかるように操作した。

しかしダインは驚きの表情を浮かべながらも、その場で数回回転して、全てのファイヤーボールを切り裂《さ》いてしまった。

その顔には、まだまだ余裕が浮かんでいる。

「おいダイン。そろそろ本気を出したらどうだ？　こんな戦闘じゃ俺は楽しめないぞ？」

「言うじゃないか！　それなら今度は出し惜しみしない！」

俺の挑発にダインは笑みを浮かべると、身構えてプレッシャーを放ってくる。

さらに大剣に雷を纏わせ、楽しそうに笑った。

「ハハッ、俺のプレッシャーに耐えるとはな。お前もそろそろ本気を出したらどうだ？」

「……いいだろう」

俺は身体強化を発動し、魔力操作で黒刀に魔力を纏わせる。

そして黒刀を構えるのと同時に、威圧を放った。

「ッ!?　やるじゃねぇか！　行くぜぇ！」

ダインは一瞬怯んだ様子を見せるが、先ほどよりも力強く踏み込んできた。

横薙ぎに振るわれる大剣を、先ほど同様に下がって避ける。もちろん、突きが来ないか警戒しながらだ。

しかし俺の予想とは裏腹《うらはら》に突きは来ず、大剣の纏っていた電撃が襲いかかってきた。

「ッ!?」

俺はとっさの判断で、目の前に結界を張る。

そのお陰で、雷撃はあっさりと防げたのだが、ダインが「雷速」という言葉と共に俺の目の前から消え去り、一瞬で背後に移動した。

やばいな今のスピード。気配察知がなければ見失っていたところだった。

しかし俺は焦らずに振り返ると、手の平に小さな結界を張って、ダインが振るった剣を防いだ。

「なっ⁉」

ダインが驚きの声を上げると同時、俺は意趣返し《いしゅがえ》のようにダインの背後を取り、その首筋に黒刀を寄せた。

ダインは首筋に当たる刀の感触に冷や汗を垂らしながら、大剣を捨てて両手を上げ、「参った」と言う。

「……そ、そこまで！　勝者、ハルト！」

一瞬の沈黙ののち、審判の試合終了の合図が響き渡る。

観客席に目を向ければ、誰も彼もが口を開けて唖然としていた……フィーネだけは「流石です！」と言いながら拍手していたが。

ダインを解放してしばらくすると、「マ、マジかよあいつ……ダインに勝ちやがった」「本当にAランクなのか？」といった声が聞こえてくる。

そんな雰囲気の中、剣を収めたダインが話しかけてきた。

「俺の完敗だ……だが、まだ本気を出していなかったろ？」

「さあ、どうだろうな。次はアンタの相方との試合だ。観客席にでも移動しな」

「分かったよ……だがいい戦闘だった。俺よりも強い奴がまだいたとはな……お前と会えてよかった！　また戦おうぜ！」

懲《こ》りない奴だな、まったく……そうだ、せっかくだから鑑定しとくか。

名前　：ダイン
レベル：98
年齢　：34
種族　：人間
ユニークスキル：夢想報復《むそうほうふく》
スキル：雷魔法Lv7　身体強化Lv7　闘気Lv8　剣術Lv8　狂人化
強靭《きょうじん》Lv6　威圧Lv6
称号　：Sランク冒険者、戦闘狂、雷速の狂剣、狂人

おお、流石Sランクだな……と、見たことがないスキルがあるな。

〈夢想報復《むそうほうふく》〉

ターゲットを追尾する攻撃が可能になる。

また、自身への物理攻撃を、スピードと威力を二倍にして反射する。

〈闘気〉

闘気を身に纏うことで、戦闘力がアップする。

〈強靭〉

物理的な攻撃に対する耐久力が上がる。

〈狂人化〉

理性をほぼ失うかわりに、全能力がアップし、暴走状態になる。

一度発動すると、スタミナ切れ、気絶、死亡でのみ停止可能。

ごくまれに、理性を保てている場合には自分の意志で止めることができる。

あの変な軌道の剣は、ユニークスキルの反射のお陰か。

……ていうか狂人化ってやばいだろこれ。

あー、でも反射は欲しいな……ユニークスキルって万能創造じゃ作れないんだよな……

《スキル〈複製《コピー》〉を獲得しました》

ん？　反射じゃなくて別のスキルが手に入った？

疑問に思った俺は、そのスキルを鑑定する。


〈複製《コピー》〉

物体を複製することが可能。武器の複製は希少級《レア》まで。

相手の持つスキル、ユニークスキルのコピーも可。

ただしユニークスキルの複製時は、その性能が劣化《れっか》したスキルを獲得する。


おお、これはめっちゃ便利だな。スキルの複製は万能創造があればいらないけど、ユニークスキルがコピーできるのはありがたい。

俺はさっそく『夢想報復』をコピーする。

《スキル〈反射〉を獲得しました。〈魔法統合〉へと統合されます》

〈反射〉

自身への物理攻撃を反射することが可能。


なるほど、劣化してコピーってこういうことか。そうだ、ついでに闘気も複製しとくか。

そんなことを考えていると、ダインとノーバンの会話が聞こえてきた。

「ダイン。『雷速の狂剣』の二つ名を持つお前が負けるとはな……アイツはどうだ？」

「強いぞ、俺よりもはるかにな。まだまだ余裕が感じられた、底が見えない男だ……ノーバン、手を抜くなよ。本気で行かないとすぐに殺《や》られるぞ！」

いや、殺《や》らないからね？

ノーバンはダインと拳をぶつけ合い、俺の前まで歩いてくる。

「いい戦いをしようじゃねぇか、ハルト」

「そうだな、よろしく頼むぞ」

俺はそう言いながら、黒刀を腰から外して異空間収納にしまう。

「……どういうつもりだ？」

それを見て、ノーバンが不思議そうに聞いてきた。

「お前は拳で戦うんだろ？　だから俺も拳で戦おうと思ってな……刀があったから勝てたなんて思われたくないんでね」

俺の言葉に、ノーバンは不敵《ふてき》な笑みを浮かべる。

「へぇ、Sランク相手にずいぶんと余裕じゃないか。まぁ、お前がそれで戦えるんなら構わないが……がっかりさせてくれるなよ？」

その言葉に、俺は拳を構えることで応えるのだった。

第17話　もう一人のSランク

「それでは……試合開始ッ！」

審判が開始の合図をした瞬間、ノーバンが俺の目の前に迫ってくる。

そして右拳のガントレットに炎を纏わせ、殴りかかってきた。

俺は左手に魔力を纏って、ノーバンの右拳を弾く。

すかさず左拳を突き出してきたのでまたもや弾き、さらに後方に跳躍して蹴りもかわす。

流石というべきか、まったくもって隙がない。

「ほう。今の蹴りをかわすとはな。だが次はどうだ！」

ノーバンはそう言いつつ、一気に俺との距離を詰めて拳の猛《もう》ラッシュを浴びせてきた。

炎を纏った拳を、こちらも魔力を纏った拳で弾き、受け流し、止めていく。

それを見ていた周囲の観客たちのざわめきが聞こえてきた。

「なんだアイツ。ノーバンのラッシュを耐えてやがる」

「ああ、だが時間の問題だろうな」

「分からないぞ。まだ余裕そうじゃないか？」

そんな声を聞きながら、ノーバンが挑発してくる。

「防いでばっかりで攻撃はしてこないのか！」

「しょうがないな、じゃあこっちも仕掛けることにしよう」

俺はノーバンの挑発にあえて乗り、少しずつ攻撃の手を増やしていく。

「ハハッ、そうじゃねえと戦闘は楽しくねぇよなぁ⁉」

俺は楽しげに笑うノーバンから距離をとり、身体強化をする。

そして縮地で一気に近付いて、猛ラッシュを叩き込んでいった。

もちろん、身体強化した拳が当たればノーバンが死にかねないので、『手加減』のスキルは使っているが。

「くっ！」

あまりの攻撃にノーバンは小さく声を零し、後退して距離をとろうとする。

しかし俺はその隙を見逃さず、すかさず腹に蹴りを入れた。

「ぐぁッ！」

思いきり蹴りを食らう形になったノーバンは、そのまま吹き飛んでいき壁へと激突《げきとつ》した。

すぐに追撃に移ろうと思ったのだが、ノーバンが体勢を整えるのを見て思いとどまる。

「今のは身体強化がなかったら危なかったぜ！」

「そう言う割には楽しそうじゃねえか」

「それが俺だ！　ガハハハッ！　今度はこっちの番だな、行くぜ！」

ノーバンはそう言って、ファイヤーボールを発動して目の前に浮かべる。

そしてその火球を、殴りつけて飛ばしてきた。

通常よりもはるかに速い弾速で迫ってくる。

マジかよ!?　あんな風にファイヤーボールを殴って撃つ奴、初めて見るぞ！

俺は驚きながらも、飛んできた炎をひとつひとつ丁寧に弾いたり避けたりしていった。

ふと気付くと、ノーバンの姿がない。

嫌な予感がしたのでしゃがんだ瞬間、炎を纏ったガントレットが俺の頭上を通り過ぎた。

同時に無機質な声が聞こえる。

《スキル〈危機察知〉を獲得しました。〈武術統合〉へと統合されます》

ん？　気配察知じゃないのか？　と思って確認する。


〈危機察知〉

危険が迫った時にそれを知らせる。自動発動。

お、これは結構便利かもな。不測の事態に対応できそうだ。

俺はそんなことを考えつつ、しゃがんだ姿勢からノーバンに足払いをかける。

しかしノーバンはそれを予測していたのか、バックステップでかわした。

そして距離をとったまま、不思議そうに問いかけてくる。

「完全な不意打ちだったはずなのに、なんでかわせるんだ？」

「ただの勘《かん》だよ」

「はっ、面白れぇ。それなら今度は外さねえよ！」

そう言うなりノーバンが俺目掛けて突っ込んでくるが、俺はそれより先に縮地でノーバンの横に移動して、蹴りを入れる。

「ぐぁッ⁉」

先ほどと同様に、壁まで吹き飛ばされるノーバン。

しかし今回もすぐに立ち上がって身構えた。

頑丈な奴だな……結構強めの蹴りだったんだが。

「くっ、さっきよりも効いたぜ！　だがまだまだ……こっから俺は暴走状態になるから、頑張って止めろよ！」

ノーバンがそう言った途端、彼の体から赤紫色の陽炎《かげろう》のようなオーラが立ち上る。

もしかしてあれ、ダインも持ってた『狂人化』のスキルか？

その姿に、観客席からもどよめきが起こった。

「ノーバンのあんな姿、初めて見たぞ……」

「ああ、あれが本気の姿なんだろうな……さっきも思ったが、ハルトって奴、ほんとにAランクか？　Sランクを本気にさせるなんて……」

そんな声をよそに、ノーバンが一気に距離を詰めてくる。

ざっとだが、速度はさっきまでの倍近くまで上がっているだろうか……とはいえ、まだまだ俺の方が上だが。

俺は攻撃を避けつつ蹴りや拳を入れていくが、ノーバンが止まる様子はない。

ダメージ自体は入っているようなのだが、攻撃の手を緩めないのだ。

うーん、このまま攻撃を入れ続けたらノーバンの体がやばい気がするし、かといっていつスタミナが切れて狂人化が解《と》けるかも分からないしな……

よし、一発大技でも決めるか。

俺はノーバンの足元に氷魔法を発動して足止めしつつ、縮地で距離をとる。

そして雷属性の上級魔法を拳に纏わせ、再び縮地でノーバンに接近して腹にその拳を突き入れた。

雷属性をチョイスしたのは、拳のダメージで失神させられなくても、雷撃で気絶させられそうだと考えたからだ。

「ぐぁぁぁあッ！」

拳を食らったノーバンは、足元の氷魔法のせいで吹き飛ぶこともできず、その場に崩れ落ちた。

静まり返る闘技場。

審判までもがポカンとしていたので声をかける。

「審判、コールは？」

「……え？　あ、はい！　勝者、ハルト！」

審判の宣言が闘技場に響く。

観客の誰もが事態を呑《の》み込《こ》めずに、いまだに呆然《ぼうぜん》としている。

それはそうだ、世界に五人しかいないSランク冒険者が二人も、Aランク冒険者に敗《やぶ》れたのだから。

しばらくすると、ダインが我に返ったようにハッとして、こちらに駆け寄ってくる。

そして気絶しているノーバンのそばに膝を突いた。

「大丈夫か、ノーバン！　今医務室に――」

「運ばなくて大丈夫だ。ハイヒール」

俺はダインの言葉を遮って、ノーバンに回復魔法をかけた。

「か、回復魔法も使えるのか？　それにハイヒールって上級だよな……」

「ああ、まあな」

「まったく、お前ってやつはどんだけ実力があるんだ……いや、ノーバンに回復魔法をかけてくれてありがとう」

審判はノーバンが回復したのを確認すると、慌ててギルドの中へと入っていった。どうしたんだ？

まあいいや、とりあえずノーバンのステータスも鑑定してみるかな。

名前　：ノーバン
レベル：96
年齢　：31
種族　：人間
ユニークスキル：修羅奮迅《しゅらふんじん》
スキル：格闘術Lv8　身体強化Lv7　火魔法Lv7　闘気Lv8　狂人化
威圧Lv6　強靭Lv6
称号　：Sランク冒険者、戦闘狂、業火《ごうか》の双腕《そうわん》、狂人

おお、やっぱりユニークスキル持ってたか。

〈修羅奮迅〉

身体系補助スキルの発動時、その効果を二倍にする。
また、瀕死《ひんし》に近いほど倍率が上がる。最大八倍。

せっかくだからコピーしとくか。

《スキル〈修羅〉を獲得しました》

〈修羅〉

身体系補助スキルの発動時、その効果を一・五倍にする。

ちょっと性能落ちたけど、これなら十分かな。
コピーを終えると、ノーバンが目を覚ました。
「う、うぅ……あれ、ダイン……？　俺はハルトに負けたのか？」
「あぁそうだ。ハルトが回復魔法をかけてくれた。それにしても、まさか狂人化を使っても勝てないとはな……」
ダインの言葉に、ノーバンは俺をまっすぐに見つめて礼を言う。

「そうなのか、ありがとう……それにしても、まだまだ余裕だったじゃないか、ハルト」

その言葉にダインも続いた。

「俺の時もそうだったが、やっぱりハルトは俺たちよりも実力が上だな……そうだ、賭けにしていた俺たちの武器だ。受け取れ」

ダインがそう言うと、二人とも大剣とガントレットを差し出してくる。

だが……

「いや、受け取れないよ。それはお前たちが長年連れ添《そ》ってきた相棒《あいぼう》だろ？」

ちょっといい感じに言ったけど、正直いらないだけである。

しかしダインとノーバンは、感動したように涙を流した。

「ハルト……いや、兄貴と呼ばせてもらうぜ！」

「そうだなダイン。これからは兄貴と呼ぼう！」

「やめろ！　普通に呼び捨てでいいんだが……他の呼び方は選択肢にないのか？」

俺はそう言うが、ダインとノーバンは一度顔を合わせてからこちらを向くと、眩《まぶ》しいほどの笑みを浮かべた。

「「ない‼」」

「ないのかぁ……」

俺がため息をつくと、観客席にいたフィーネが嬉しそうに駆け寄ってきた。

「ハルトさんお疲れ様です。さっきの試合、とても凄かったです！　私も頑張ろうと思います！」

「おう、ありがとな。フィーネもあれくらい戦えるように鍛えてやるからな」

「ありがとうございます！」

フィーネは満面の笑みを浮かべる。

そんな彼女を見て、ダインが聞いてきた。

「兄貴、建物の中にいた時も一緒にいたけど、そちらの美人さんは？」

「ああ。まだ紹介していなかったな。俺とパーティを組んでいるフィーネだ」

「そうか。それじゃあ姉御《あねご》だな！」

「姉御しかないな！」

紹介すると、ダインとノーバンがとんでもないことを言い出す。

「そ、そんな。私なんてCランクですよ⁉」

当然フィーネも慌ててそう言うのだが、ダインは気にした様子もなかった。

「そうなのか。だが兄貴のパーティメンバーなら姉御だ！」

「……」

元気よく言い放つダインに、フィーネは無言になってしまった。

するとその時、ギルドの方から声がかかった。

「お前ら、模擬戦が終わったのなら早くギルドに戻らんか！」

そちらを振り向くと、鍛えられた体つきのハゲたおっさんがいた……上半身裸の。

誰だ？　っていうかなんで半裸なんだ……

そのおっさんを見て、ダインとノーバンが声を上げる。

「「ギルドマスター！」」

あの変なおっさん、ギルマスだったのかよ。

わざわざギルマスが出てくるとか、なんだかめんどくさいことになりそうだな……と、俺は憂鬱《ゆううつ》になるのだった。

第18話　Sランク昇格？

半裸のギルマスは、俺の前までやってくる。

いやまず服を着ろよ……

そう突っ込みたい気持ちを抑えていると、ギルマスが口を開いた。

「お前がダインとノーバンに勝った者か？」

「……ああ」

「名前とランクは？」

「晴人、Aランクだ」

俺の言葉に、ギルマスは目を見開く。

「じゃあお前があの黒狼を壊滅させたハルトか。隣の君は？」

「私はCランクのフィーネです」

「たしかその名前も、討伐者一覧にあったな……」

ギルマスはそう言って、毛のない頭をガシガシと掻《か》く。

そして一つため息をつくと、再び口を開いた。

「ハルトにフィーネか。私はこの王都の冒険者ギルドのマスター、ゴーガンだ。呼び捨てにしてもらって構わない。それでハルトには、この後ギルドマスター室に来てほしいんだが……」

「よろしく頼む、ゴーガン……ちなみに呼び出しを断ったらどうなる？」

俺がそう言うと、ゴーガンはめんどくさそうな表情を浮かべる。

「特に罰則《ばっそく》を与えることはしない。ただ、Sランク、それも二人に勝ってしまうような奴の話を聞かないわけにもいかないから、この先何度も声をかけさせてもらうと思うがな」

「はぁ……実質強制かよ、めんどくさいな。仕方ない、行くよ」

「めんどくさいってのは私も同感だな。さっさと行くぞ」

「フィーネも同じパーティのメンバーだし、一緒で構わないか？」

「構わんよ」

ゴーガンの許可を得たので、フィーネと一緒にその後に付いていく。

背後でダインとノーバンが「兄貴に姉御、行ってらっしゃいませ‼」と大声を出して頭を下げているのを見て、ゴーガンが『何やったんだ？』とでも言いたげな目でこっちを見てくる。

やめろ、そんな目で見るな。

ギルドの建物に戻った俺たちは二階に上がり、ギルドマスター室に通される。

「まあ、そこに座ってくれ」

ゴーガンに促されるままに座ると、秘書らしき人が紅茶を運んできた。

ゴーガンは一口お茶を飲んでから、俺をまっすぐに見つめた。

「さて、さっそくだが本題に入ろう。ハルトのランクについてだが、Sランクを二人倒しておきながらAランクのまま、というわけにはいかん。メンツの問題もあるしな」

「……で？」

「率直《そっちょく》に言おう。ハルト、お前のランクをSランクに上げたい」

その言葉に、隣に座るフィーネが驚きの声を上げた。

「ハルトさんがSランク⁉」

「ああ、悪い話ではないだろう？」

ゴーガンは一つ頷く。それに対して俺は――

「分かった。断る」

「そうか受けてくれ――ない⁉」

フィーネとはまた違った驚きの表情を浮かべるゴーガン。

「な、なぜだ！　世界で六人目のSランク冒険者になれるんだぞ⁉　それをなぜ断る⁉」

ゴーガンは興奮《こうふん》しながらそう言って、テーブルに両手をドンッと突いて顔を寄せてくる。

いや顔近いから！　おっさんの顔が近くても嬉しくないって！

俺は体を反《そ》らしながら、理由を答える。

「い、いや、ランクに興味ないし、緊急依頼の強制受諾義務とか指名依頼とかめんどくさいからな。てか顔が近いから席に戻れ」

「おっとすまんな。だがせっかくのSランク昇格なのに、そんな理由で断るとは……」

そうか？　結構妥当《だとう》な理由だと思うんだが……

しかしゴーガンは頭を掻きながら唸《うな》っている。

しばらくそうしていたのだが、何かを思いついたらしく、ガバッと顔を上げた。

「ならば強制受諾義務をなくし、指名依頼もできないようにするのではどうだ！」

「ギルドマスター！　いくらなんでもそれはやりすぎです！」

慌てたように秘書が口を挟んでくるが、ゴーガンは聞く耳を持たない。

「だがそこまでしないと、こういう奴は絶対にランクアップの話を受けんぞ！」

「それはそうかもしれませんが……」

秘書が何やら食い下がっているが、俺としてはゴーガンが提示した条件なら問題ないと思っている。

なので、二人のやり取りをぶった切るようにして結論を出した。

「今ゴーガンが言った条件なら、ランクアップの話を受けよう」

俺の言葉にゴーガンは笑みを浮かべ、秘書は項垂《うなだ》れる。

「おお、受けてくれるか、ありがとう！　ギルドとしては損《そん》な部分はあるが、そもそも我々が提案したランクアップだから構わん……さて、こちらからの提案なのに申し訳ないのだが、Sランク昇格のための試験を受けてもらいたい。客観的《きゃっかんてき》かつ対外的な評価と実績が必要なのでな」

試験なんてやらされるのかよ、免除《めんじょ》してくれよ……

「試験を断ると？」

「ランクアップが長引くだけだな」

それでゴーガンに顔を合わせる度に色々言われるようになるってことか……まあしばら

くは予定もないし、さっさとやって終わらせるか。

「……分かった、その試験を受けよう。内容は？」

「ああ、ちょっと待ってくれ。依頼票がそこの書類のどっかに混ざってるはずだから」

ゴーガンはそう言って、デスクをガサゴソと漁《あさ》り始《はじ》める。

俺とフィーネは待っている間、出してもらった紅茶に口をつける。

「おっ。この紅茶美味いな。甘味がなんともいえん」

「そうですね。スッキリとした後味がいいですね！　あのすみません。これ、なんて茶葉ですか？」

フィーネの質問に、秘書はにっこりと笑って答える。

「ありがとうございます。それはルフーナという茶葉を使っております。ここより少し北へ行った所にある、標高《ひょうこう》六百メトルほどの山で採《と》れるんです。ギルドマスターもお気に入りなんですよ」

「へえ、今度機会があれば採りに行ってみるかな」

「そうですね、そうしましょう！」

などと話していると、ようやく依頼票を見付けたゴーガンが声をかけてきた。

「なんだお前ら、その紅茶を気に入ったのか？　気が合うな」

「ああ、美味かったよ……それで依頼票は見つかったのか？」

「ああ、これだ。内容に問題なければ、後で受付に出してくれ」

そうして渡された紙に目を通す。

Sランク昇格試験
依頼内容　：ワイバーン（変異種）の討伐
討伐証明部位：ワイバーン（変異種）の牙《きば》
期限　　　：半月以内
報酬　　　：一千万ゴールド

「期間については、受注から完了までのスピードの目安だな。それ以上かけてるようじゃ、Sランクには上げられないってことだ。あとは基本的に、討伐自体は一人で行ってもらうからな」

ゴーガンの説明を受けながら、俺は『変異種』というワードが気になっていた。

「変異種ってなんだ？」

「変異種ってのは、自然界にごく稀《まれ》に発生する魔力溜《だ》まりを吸収して、異常に強くなった魔物のことだ。この依頼内容のワイバーン変異種は、Aランクパーティ五人でも討伐できなかった個体でな。ワイバーンは通常A級なんだが、それが変異種になったもんだから誰も手を付けられない。それでも人里には下りてこないってことで、Sランク昇格試験用の依頼として放置されてるんだが……試験内容に問題はなさそうか？」

「ああ、とりあえずぶっ倒して牙を持ってくればいいんだな？」

俺の言葉に、ゴーガンは頷く。

「そうだ……それじゃあ場所の説明をするぞ。そいつはここからまっすぐ西に向かった所にある山の、山頂付近に棲《す》み着《つ》いている。ここからだと、大体三十キロメトルだな」

なるほど、意外と近いな。

「分かったよ、ありがとう……他に補足《ほそく》はあるか？」

「いや、試験については以上だな……よし、今日はこれまでだ。討伐を終えたら、また報告に来てくれ」

その言葉に頷いて、フィーネと一緒に部屋を出ようとしたところでゴーガンが声をかけてきた。

「ああ、ちょっと待ってくれ」

「なんだ？　まだ何かあるのか？」

「一応、いつ行くか聞いていいか？」

んー、そうだな……あんまり時間をかけてもしょうがないし、さっさと動いた方がいいよな。

「明日の朝には出発しようと思ってるけど——ってどうした？」

ゴーガンがなぜか唖然としている。

「『どうした？』じゃないわ！　明日の朝とか正気《しょうき》か!?　普通は一週間くらいかけて、情報を集めたり装備を整えたりして、万全の態勢で挑むものなんだよ！」

「まあなんとかなるだろ。そう心配するな」

「なんとかなるだろじゃない！　心配するに決まってるだろうが！」

ずっと怒鳴られていてはかなわないので、俺はゴーガンを落ち着かせようとする。

「そんなに怒鳴るなって。ストレスでハゲるぞ」

あっ、心の声が。

「三十の時にはとっくにハゲとったわ！」

そんな早くから……とふざけるのはそこまでにして、俺はゴーガンを安心させるように言葉をかける。

「Sランクを二人倒せる実力だぞ？　疑っているのか？」

「そういうわけではない。だが、相手はA級の変異種なんだぞ？」

そんなこと言われても、災害級を倒したことあるしなぁ……ってゴーガンには教えてないんだっけ。でも今教えても騒がれるだけだろうから、また今度にしよう。

「まあなんんだ。臨機応変《りんきおうへん》に対応するさ。だから大丈夫だ」

「……そこまで言うなら分かった。明日だな。気を付けて行け」

「分かった」

ようやく納得してもらえたので、俺はフィーネと共に部屋を後にした。

ギルドの一階で昇格試験の手続きをして、ついでに素材売却の代金を受け取ってから、念のため二週間分の食料の買い出しに向かう。

その途中、フィーネが不安そうに聞いてきた。

「あの、私も付いていっていいでしょうか？ 足手纏いにしかならないかもしれないですけど……」

「もちろん大丈夫だ。フィーネ一人くらいなら余裕で守れるからな。討伐自体は手伝ってもらえないけど、それ以外の部分で頼むよ」

俺がそう言うと、フィーネは満面の笑みで「はい！」と答えるのだった。

買い出しを終えた俺たちは、馬車と馬を見にきていた。

今回の目的地は若干遠いので、移動用にそれなりにしっかりした馬車が欲しい。

店頭に並んでいるものを見てもいまいちよく分からないので、店主らしき男に声をかける。

「すまない。馬車を探しているのだが、おすすめはあるか？」

「そうですね、どのような物をお探しですか？」

「そうだな……四人くらい乗れる馬車はあるか？」

フィーネとの二人旅ではあるが、広いに越したことはない。

「はい。予算の方はいかほどでしょうか？」

「心配ない」

予算を尋ねられたので、ポケットから金貨を掴んで見せる。

「なるほど、それだけあれば高品質のものをご紹介できます」

「そうか、よろしく頼むよ」

その後いくつか見せてもらい、気に入ったデザインのものがあったのでそれを購入することにした。

よし、次は馬だな。

「馬も買いたいんだが……扱っている店を教えてもらえないか？」

「馬ですか？　うちでも扱っていますよ。こちらへどうぞ」

案内されたのは店の裏だった。馬小屋があり、中には数頭の馬がうろうろしていた。

「あちらの奥の馬だけは全く人に懐《なつ》かず、近寄ると暴《あば》れるのでおすすめしません。それと、よろしければこちらの餌《えさ》をどうぞ」

俺は餌を受け取って、一頭一頭観察して歩く。

その隣で、フィーネは「可愛いですね！」と言って馬を撫《な》でていた。

そんな微笑ましい姿を見ながら、俺は観察を続ける。

初めて見る俺の姿に怯えていたり、元気はあるが肉付きがよくなかったりと、なかなかピンと来ない。

後は店主が言ってた奥の馬だが……

俺がその馬に近寄ると、店主が声を上げる。

「お客さん！　そいつは……」

しかし俺はそれを無視して、その馬の正面に立った。

「どうだ？　一緒に旅をする気はないか？」

そう言って餌を差し出すと、その馬は「ヒヒィーン」と元気よくいないてから、食べ始めた。

「――決めた。コイツにする」

俺がそう言うと、店主は驚きの表情を浮かべる。

「ほ、本当ですか？　そいつは……」

「いいからコイツだ。いくらだ？」

何を言われても変える気がないと分かったのだろう、店主はしばらくの沈黙ののち、頷いてくれた。

「……分かりました。そいつはどうにも売れないので、どうしたものかと困っていたんです……買っていただいて感謝します。お値段は十万ゴールドで構いません。それと馬車の方は、二百万ゴールドです」

「分かった」

俺はそう言って、大金貨二枚と金貨一枚を渡す。

大金があっさりと出てきたことに、店主は驚いていた。

「え、え？　い、一括《いっかつ》ですか？　も、もしかして貴族様ですか？」

「いや貴族なんかじゃない。ただ最近収入があったから払えただけだ」

「そ、そうなのですか……？」

恭《うやうや》しく金貨を受け取った店主は、恐縮しながら俺に言う。

「馬車の準備には数時間ほどかかるのですが、大丈夫でしょうか？　それと運転はできますか？」

あー、馬車の運転か……やったことないから教えてもらった方がいいかな。

《スキル〈馬車術〉を獲得しました。スキルレベルが10となり〈武術統合〉へと統合されます》

あ、手に入った。マジでイージーモードだな。

「……馬車は明日の朝に取りに来る。そのまま出掛けられるようにしておいてくれ。運転の方も問題ない」

「分かりました。馬車は用意しておきます……それではまた明日、よろしくお願いいたします」

「ああ。頼むよ」

とりあえず馬も置いていくことになったので、店主の言うことをよく聞くように言い聞かせると、元気よくいなないていた。

宿に戻ってフィーネと一緒に夕食を食べ、それぞれの部屋に分かれたところで、俺はベッドに寝転がって、ステータスを確認した。

名前：結城晴人
レベル：132
年齢：17
種族：人間（異世界人）
ユニークスキル：万能創造　神眼《ゴッドアイ》　スキルMAX成長　取得経験値増大
スキル：武術統合　魔法統合　言語理解　並列思考　思考加速　複製《コピー》　修羅
称号：異世界人　ユニークスキルの使い手　武を極めし者　魔導を極めし者

〈武術統合〉

剣術、槍術、盾術、弓術、斧術、格闘術、縮地《しゅくち》、気配察知、威圧、硬化、手加減、夜目、咆哮、跳躍、抜刀術、気配遮断、馬車術、無表情《ポーカーフェイス》、闘気、危機察知

〈魔法統合〉

火魔法、水魔法、風魔法、土魔法、雷魔法、氷魔法、光魔法、闇魔法、回復魔法、時空魔法、無詠唱、身体強化、偽装、付与魔法《エンチャント》、精神耐性、魔力操作、錬成、加速、結界魔法、ステルス、魔道技師、反射

うん、ダインたちとの模擬戦でスキルも増えてるな……正直多すぎるくらいだけど。

そんなことを思いながら、この異世界での生活のことを考える。

俺を召喚しておきながら追い出したグリセント王国にはいつか復讐するつもりではあるが、今はフィーネと過ごす時間が楽しい。

フィーネ以外にもたくさんの人と出会えたし、一期一会《いちごいちえ》の心を大切にしていこう。

そう決意を新《あら》たにしながら、俺はSランク昇級試験に備えて眠りにつくのだった。

サイドストーリー　その頃勇者たちは

——クラスメイトである勇者たちの足手纏いになりたくないと、結城晴人が自ら王城を出た。

晴人たちがステータスの確認を行った謁見の間で、戻ってきたグリセント王国第一王女、マリアナが勇者たちにそう報告した。

それを聞いて、ことあるごとに晴人に絡んでいた御剣健人《みつるぎけんと》、駿河隼人《するがはやと》、松葉亮《まつばりょう》の三人は喜びながらコソコソと言葉を交わす。

「おいおい、出ていったのかよアイツ。いなくなって清々《せいせい》したぜ。な？」

「だな。無能なんていても邪魔なだけだからな」

「俺たちは俺たちのハーレムを作ろうぜ！　ふふふっ」

コソコソしている割には声が大きいため、周囲の注目を集めていることに全く気付いていない三人。

そんな彼らのことを、クラスメイトたちはゴミを見るような目で見ていた。

その一方で、天堂光司《てんどうこうじ》はマリアナの報告を信じられないと思いながらも、心のどこかで納得していた。

なんだかんだで周りに気を遣う晴人の性格からすれば、そう言い出してもおかしくないからだ。

一ノ宮鈴乃《いちのみやすずの》は到底納得できていない様子でマリアナを追及しようとしたが、幼馴染の朝《あさ》倉夏姫《くらなつき》になだめられて矛《ほこ》を収めていた。

結局その場は解散となり、各々は部屋へと案内された。


そしてその日の夜、勇者一行は王城内のとある部屋に集められた。

マリアナから、重大な話があると呼び出されたためだ。

一同が待つ部屋に、マリアナが沈痛な面持《おもも》ちで、護衛を連れて入ってくる。

「……お待たせいたしました」

「マリアナ姫。なぜ僕たちは呼び出されたのでしょうか?」

代表して声を上げた天堂の質問に、マリアナが答える。

「……皆様に残念な報告があります。実は今日のお昼頃、王都近郊の森にて血だらけで倒れているハルト様を見付けたという報告がありました」

その言葉に、集まった全員がざわめく。

特に天堂と彼の幼馴染グループや、教師の宇佐美は大きなショックを受けていた。

しかし天堂はすかさず、晴人がどうなったのか問いかける。

「それで、晴人君は今どこに？　その後助かったのですか？」

その問いにマリアナは申し訳なさそうな表情をして、首を横に振った。

「申し訳ございません。騎士が容態《ようだい》を確認した時点ではまだ息があったのですが、治療《ちりょう》のために王都へと連れ帰ろうとしたところで、急にA級の魔物が現れまして……騎士たちは太刀《たち》打《う》ちできないと判断し、そのまま退却したのです。ですので……」

最後までは言わず、言葉尻を濁《にご》すマリアナ。

しかし天堂はしっかり聞かねばならないと、さらに問いかけた。

「なら晴人君は今……」

「……再度の確認は行っておりませんのでなんとも言えませんが……残念ながら、死亡した可能性が高いと思っていただいた方がよろしいかと」

その答えに、クラスメイトたちは再びざわついた。

「そんな……晴人君が⁉」

「アイツが……」

「嘘、ですよね？」

そんな言葉があちこちから上がる中で、一ノ宮が泣き崩れ、幼馴染の朝倉や東雲《しののめ》葵《あおい》に慰《なぐさ》められていた。

一ノ宮は、晴人に恋心を抱いていた。

しつこいほどに御剣たちに嫌がらせをされているのに、彼から一ノ宮や天堂たちに救いを求めることはなかった。

なぜ自分から助けを求めないのか、一ノ宮は直接彼に聞いたことがある。

その答えは、「迷惑をかけたくないから」というものだった。

晴人が自分が苦しめられているにもかかわらず他人のことを考えられる、優しい人だということを一ノ宮は初めて知った。

それからしばらく経ったある日、一ノ宮は街中でチンピラに絡まれたところを、晴人に助けられた。

ボコボコにされながらも一切反撃せず、ひたすらに頭を下げていた晴人。

彼はチンピラが殴り飽《あ》きて去ったのを見送ってから、全身傷だらけでボロボロなのにもかかわらず、「一ノ宮さん、大丈夫だった？」と微笑んだ。

その笑顔と、そんな状況でも他人を心配できる優しさに、一ノ宮はすっかり惚《ほ》れてしまったのだ。

しかし自分が晴人を好きだとバレれば、彼に対する嫌がらせが悪化するかもしれない。

そう考えた一ノ宮は、朝倉や東雲にしかその恋心を打ち明けず、隠し通していた。

しかし今、彼が死んでしまった可能性が高いと聞いて、思わず号泣《ごうきゅう》していた。

そして他のクラスメイトたちも、御剣たち三人を除いた全員が顔を真っ青にしている。

クラスメイトが死んでいるかもしれないという事実を、なかなか受け入れられないのだ。

特に担任教師である宇佐美は、いくら自分が混乱していたとはいえ教え子を守れなかったことを後悔していた。

そんな空気の中、天堂が皆を勇気づけるように口を開いた。

「皆聞いてくれ！　僕は、晴人君が生きていると信じたいと思う。だってもしかしたら、騎士たちが撤退した後で、誰かに助けてもらったかもしれないだろ？」

天堂の言葉に、一ノ宮がハッと顔を上げる。他の皆も、彼をじっと見つめて次の言葉を待った。

「僕はいつか、彼を探しに行こうと考えている。そして彼を見付けて、一緒に地球に帰るんだ！　……そのためにも、僕たちは魔王を倒さないといけない。訓練して、迷宮攻略で力をつけて、旅に出て魔王を倒すんだ。もしかしたら晴人君のことで、戦うことに尻込《しりご》みしている人もいるかもしれない。だから無理にとは言えないけど、一緒に戦ってほしい……皆、僕に協力してくれ！　僕たちで魔王を倒すんだ！」

天堂が力強くそう言い切ったところで、マリアナも皆を見回す。

「訓練は明日の朝、城内の訓練場で開始いたします。我が国の騎士団長、グリファス殿が皆さんを指導する予定ですので、存分に強くなってください」

マリアナはそう言って頭を軽く下げると、護衛と共に部屋を出ていった。

「……それじゃあ皆、賛同してくれる人は、明日の朝、訓練場に集合してくれ！」

天堂の言葉でその場は解散となり、各々は自分たちの部屋へ戻るのだった。


翌朝、訓練場には勇者たち全員の姿があった。

御剣たちも、晴人を助けるつもりは微塵《みじん》もなかったが力をつけるために集まっている。

天堂は皆の顔を見回して、頭を下げた。

「皆、来てくれてありがとう……先生もありがとうございます」

その言葉に、宇佐美は首を横に振る。

「いえ、教師として皆の前に立って導かないといけないのに、自分のことでいっぱいいっぱいになってしまって申し訳ないです。天堂君がいてくれて助かりました……私はサポート役として、皆さんを支えていきますね」

そんな宇佐美に天堂は頷く。

「先生が見てくれているから、僕は皆の先頭に立てているんです……さあ皆、これから力を合わせて頑張ろう！」

その言葉に応えるようにして、天童の幼馴染、最上慎弥《もがみしんや》が声を上げる。

「あぁ、もちろんだ！　俺は最後までお前に付いていくぜ。親友だからな」

「ありがとう慎弥」

にっこりと微笑んだ天堂に、一ノ宮も声をかける。

「私もやるよ！　光司君だけに任せるわけにはいかないもん！」

一ノ宮の目は赤く腫《は》れていて、昨晩泣いて寝られなかったことが、周りにも容易《ようい》に察せられた。

それでも彼女は、晴人が生きていることを信じて精一杯《せいいっぱい》の元気を出す。

そして次々にクラスメイトたちが声を上げ、訓練場の盛り上がりがピークに達する。

そんな時、男の声が響いた。

「素晴らしいな。強力なステータスにこれだけの友情。これは鍛《きた》え甲斐《がい》がありそうだ」

皆が声がした方を向くと、甲冑《かっちゅう》を着た、ナイスミドルと呼ばれそうな四十代の男がいた。

「えっと……あなたは？」

天堂の問いかけに、その男は名乗る。

「私はグリファス。この国の騎士団長だ。姫様からも説明があったと思うが、勇者様方の指導係を務《つと》めることになった。よろしく頼む」

実はこのグリファス、晴人が自分の部下の手にかかって殺されそうになったことを知らず、天堂たちと同じ情報しか持っていない。

王家に忠誠《ちゅうせい》を誓う彼だが、非常に義理堅《ぎりがた》い。もし晴人の一件の真相を知れば、王と姫に諫言《かんげん》して騒ぎが大きくなることは間違いなく、それ故に真相を知らされていなかった。

そんな彼が自己紹介と共に頭を下げると、天堂たちも元気よく返事をして一礼した。

「「「よろしくお願いします！」」」

「はは、やる気は十分のようだな――それではさっそく始めようか」

グリファスは満足げに頷き、訓練の説明に入るのだった。

「——違う！　剣はそうやって振るものではない」

訓練はまず、武器術系のスキルを持つ者はその武器を、そうでない者は剣を持って素振りをすることから始まった。

これは各々が適性を持つ武器に慣れることと、スキルを持たない者でもいざという時に護身として剣を振れるようになること、そして全員の体力を向上させることを目的として設定された訓練だ。

ほぼ全員が慣れない剣に戸惑う中、天堂、一ノ宮、最上、折原、朝倉はそれなりに様《さま》になっている。

それは、彼らの幼馴染の一人、東雲の両親が剣術家で、その実家が道場をやっていることに由来していた。

小さい頃から家族ぐるみで付き合いのあった彼らは、期間の違いこそあれど道場に通っていて、剣を振ることに慣れていたのだ。

そして当然、東雲の剣技は天堂たちの比ではなかった。

彼女が慣れているのは刀だったため、少しだけやりづらそうにしていたが、剣道の大会で全国優勝するほどの実力者である東雲の剣技は、グリファスも絶賛するほどだった。

午前中はグリファスの指導も入りつつ、素振りだけで終わる。

みっちりとした指導のお陰か、訓練が終わる頃には全員の動きはまともになっていた。

グリファスは満足そうに頷きながら、訓練の終了を告げる。

「よし！　全員素振りはよくなったな。明日からは違うことをやろう……さあ、午後は別の講師による魔法の訓練だ。その前に腹ごしらえだがな！」

魔法という言葉に、数人が歓声を上げる。

その歓声を背にグリファスは「行くぞ！」と言って、勇者たちと共に城内にある食堂へと向かった。


そして午後。勇者たちは再び訓練所に戻っていた。

昼食前に歓声を上げていた面々は、ますますテンションを上げていた。

「やったね！　魔法だよ！　魔法！」

中でも人一倍はしゃいでいたのは、天堂たちクラスの中心グループの一人、朝倉だった。

彼女は重度のオタクで、晴人ともアニメや小説の話題で盛り上がることがしばしばあった。

その彼女の様子に、天堂が不思議そうに尋ねる。

「そんなに嬉しいか？」

すると朝倉は興奮気味に語る。

「何言ってるの光司君！　魔法だよ⁉　パッとやったらバーンってなって、爆発で敵を一《いち》網《もう》打《だ》尽《じん》だよ⁉　異世界モノで定番の派手なやつだよ⁉」

「い、いや、何言ってるか僕にはよく……」

天堂がたじたじと答えると、『お前の気持ちは分かるぞ』と言いたげに一部のクラスメイトが頷く。

すると突然、女性の声がかけられた。

「あら、爆発系の魔法が使いたいんですか？　持っている属性次第ですが、レベルが上がれば派手な爆発を起こせるようになりますよ」

「ホントっ⁉　……って、誰？」

朝倉は声が聞こえてきた方を、バッと振り返る。

そこにはローブを着て杖を携《たずさ》えた金髪の美女が、朝倉の食いつき具合に若干引きながら立っていた。

「は、はい……私はマルベルです。この国の筆頭宮廷魔法師《ひっとうきゅうていまほうし》で、勇者様方の魔法の講師をすることになりました」

宮廷魔法師とは、文字通りに宮廷に仕《つか》える魔法使いのことだ。王国内の実力者が推薦もしくはスカウトによって就《つ》くことができる役職で、その筆頭であるマルベルは、この国で一番の魔法の使い手と言っても過言《かごん》ではない。

自己紹介をしたマルベルは勇者一行を集めると、さっそく訓練の内容を説明する。

「今回勇者様方に行っていただくのは、魔力のコントロール能力を高める特訓です。体内にある魔力のうちの一定量を、全身に巡らせるイメージですね。これができるようになれば、魔法発動時の魔力のロスがなくなり、発動スピードや威力が上がります。おおよそ二、三時間ほどでコントロールできるようになるのが一般的ですので、その後は皆さん個々人の属性魔法の特訓に入りたいと思います——それでは具体的な方法を教えていきますね」

そして説明ののち、特訓が始まった。

各々、あぐらや正座などの座りやすい姿勢で魔力コントロールに挑戦する。

当然不慣れなので、量が乱れたりコントロールが途切《とぎ》れたりすることもあったが、一時間もする頃には全員がコントロールできるようになっていた。

……なお、晴人は魔力操作のスキルを手に入れた際に、無自覚のうちにこのコントロールができるようになっている。それまでは膨大な魔力量任せに魔法を発動していたのだが、その魔力量ゆえに魔法発動時のロスが減ったことには気付いていないのだった。

とはいえ晴人が規格外《きかくがい》すぎるだけで、この世界では一時間で魔力コントロールを習得することは十分に異常なことと言えた。

「こんなに早く全員クリアできるなんて……流石勇者ですね」

マルベルは驚いてそう零しつつも、さっそく次のステップの説明を始める。

次は各々の属性魔法の特訓として、実際に魔法を発動してみることになった。勇者たちが魔法を試していき、マルベルが属性ごとに使い方のアドバイスをして回る。

数時間経って辺りが暗くなる頃には、勇者たちのほとんどは魔力切れで倒れ伏してしまっていた。しかし、その顔は初めて魔法を使えた満足感でいっぱいだった。


こうして、騎士団長と筆頭宮廷魔法師という贅沢《ぜいたく》な二名によって、勇者たちは戦い方と魔法の使い方を覚えていく。

そして半月が経った頃、勇者たちは国王に、謁見の間へと呼び出された。

「そなたたちを召喚した日に伝えていた通り、そろそろ迷宮攻略に移ってもらおうと思う。場所は王都近くのものだ」

「王様、『迷宮』とはどのような場所なのでしょうか？」

天堂の疑問に、国王は一つ頷いて答える。

「うむ。『迷宮』とは一般に『ダンジョン』と呼ばれる、魔物たちが集中的に棲息《せいそく》するスポットのことだ。ダンジョンごとに存在する階層は違って、五層しかないものもあれば五十層あるものもある。階層が深くなれば深くなるほどに魔物が強くなっていき、最下層の魔物を倒せばダンジョン踏破《とうは》だ……今回行ってもらうダンジョンは十五階層まである。基本的には実戦経験とレベル上げが目的となるが、いずれは踏破を目指してもらいたい。どうか頑張ってくれ、期待しているぞ」

国王の説明を受けて、勇者たちはついに実戦かとざわめく。

そんな皆を手で制して、天堂は頭を下げた。

「王様、説明ありがとうございました。期待に応えられるよう、努力いたします」

「うむ、それではさっそく準備に移るがよい……ああ、ダンジョンへ入る際は、数名ずつでパーティを組むようにな」

天堂たちは再度頭を下げ、謁見の間を後にする。

そして自由に使える大部屋に移って、パーティをどう編成するか相談していくのだった。

翌朝、勇者たちはダンジョンの前に来ていた。

その場にいるのは勇者だけではない。グリファスとマルベル、そしてそれぞれの部下の騎士や宮廷魔法師など、数十名が指導員として付いてきていた。

ダンジョンの入り口前に集まった勇者たちを見回して、グリファスが口を開く。

「このダンジョンは王都の冒険者ギルドが運営しているものだ。中の魔物の数は一定以上は増えないようになっていて、最下層の魔物についても、倒されても一定時間で復活する。また、一度到達した階層には入り口にある装置で転移できるようになっている……質問がある者はいるか？」

勇者たちが沈黙しているのを確認して、グリファスは説明を再開する。

「さて、これから半月の間、このダンジョンの踏破を目指してもらう。期限の途中で踏破した場合でも、何度も潜《もぐ》ってもらって構わない。この攻略を通して、パーティでの戦闘方法を身につけてくれ」

その言葉に、勇者たちの一部が歓声を上げる。

「やっと実戦だぜ！」

「最初に攻略するのは俺たちのパーティだ！」

「ふん！　攻略には実力あるのみだろ！」

しかしそんな彼らの熱を冷ますように、グリファスが告げる。

「ダンジョンはそんなに甘いものではない。油断をすれば死ぬことをよく覚えておけ」

そして次にマルベルが言う。

「ダンジョンを踏破、攻略するにはパーティ内での協力が必須《ひっす》です。魔法を得意とする者による前衛《ぜんえい》への援護《えんご》の量と質が、攻略の大きなカギとなります。当然、援護に集中しすぎて自分への攻撃の対処が遅れることがないようにしましょう」

そのアドバイスに、天堂たちは真剣な顔で「はい！」と返事をした。

それから勇者たちは、天童の号令で各パーティに分かれていく。

前日のパーティ分けは、天堂と宇佐美が舵取《かじと》りして、基本的には仲がいい者同士を組ませつつ、前衛後衛《こうえい》のバランスを考慮《こうりょ》して行われた。

結果として、一パーティ四名から六名で、八つのパーティが出来上がった。

中心メンバーである天堂のパーティは、天堂、一ノ宮、最上、朝倉、東雲という幼馴染の五名だ。

同じ幼馴染グループの一人である折原は、宇佐美をサポートすると言って、彼女のパーティに加入した。彼が言い出したら聞かない性格であることを知っている五人は、強くは引き留めなかった。

八つのパーティには、それぞれサポートとして騎士か宮廷魔法士が二人付くことになって、天堂が所属するパーティには、グリファスとマルベルが付いた。

そうして天堂たちは、初めてのダンジョンへと足を踏み入れるのだった。

ダンジョン内は真っ暗闇というわけではなく、薄暗い程度の明るさを保っている。

「思ったより明るいね」

「そうだね。もうちょっと暗いと思っていたんだけど」

思わずそうこぼした朝倉と東雲の疑問に、マルベルが答えた。

「それはですね、壁や天井を構成する石の一部が淡《あわ》く光っているからなんです。ほら、その石なんかが分かりやすいですね」

マルベルが指さす先にある石を見て、朝倉たちは納得したように頷く。

「そうだったんですか」

「へぇー、異世界って面白いね！」

ダンジョンは迷路のようになっていて、曲がりくねった道が続いている。分岐点《ぶんきてん》が多いためか、前後して入った他のパーティと出会うこともなかった。

しばらくは魔物と遭遇することもなく進んでいたのだが、不意にグリファスとマルベルが足を止める。

「どうしたのですか？」

「魔物が来る。戦闘準備をしろ」

天堂の疑問に端的《たんてき》に答えるグリファス。

そんな彼の言葉に、天堂たちは緊張しながらも戦闘態勢に入った。

天堂と最上、東雲が前衛に出て、一ノ宮と朝倉が後衛につく。グリファスとマルベルはその後ろで、いざという時に助けに入れるよう軽く構えていた。

天堂たちが武器を構えてから三十秒ほどで、通路の奥から狼に似た魔物が三匹、その姿を現す。

「こいつらはグレイウルフだ。素早く、統率された動きをするから気を付けるんだ！」

グリファスの言葉に頷いて、天堂たちはさっそく仕掛けた。

天堂が聖剣を、東雲は剣を抜き、最上もガントレットを装備した拳を構えてグレイウルフへと向かっていく。

聖剣とは、魔物や魔族といった魔に属する者を消滅させる力を持つ剣のことを指す。

天堂が持つ聖剣はミスティルテインという名前の伝説級《レジェンド》武器で、魔の者を滅《めっ》する『神聖魔法』に、魔力量に応じて強度が変わる『結界』、そして一日に一度、三十秒間だけ無敵になれる『無敵化』という三つの能力が使えるようになる、強力な剣だ。

魔力の波長《はちょう》が合わないと使用することができないために、長年倉庫で眠っていたのだが、天堂が聖剣使いだということで、急遽《きゅうきょ》彼に与えられたのだった。

なお、天堂以外の勇者にも、それぞれ高性能な武器が渡されたが、この聖剣は飛び抜けている。

そんな武器を握りながら、天堂たちはグレイウルフに肉薄《にくはく》する。

天堂はすかさず剣を振るうが、あっさりと回避された。

東雲も切りつけたが傷は浅い。

最上だけは攻撃をクリーンヒットさせたが、こちらも致命傷《ちめいしょう》には至っていないようだった。

距離をとり、お互いに睨み合う三人と三匹。

その膠着状態《こうちゃくじょうたい》を打ち破ったのは、凛とした一ノ宮の声だった。

「皆、一瞬だけ目を閉じてください！　目くらましをします！」

反射的に天堂たちが目を閉じた瞬間、一ノ宮が魔法を発動する。

「――フラッシュ！」

光源に背を向け瞼《まぶた》を閉じていた天堂たち三人ですら眩しいと感じるほどの光量。それを不意打ちで浴びて、グレイウルフは動けなくなる。

その隙に、朝倉がグレイウルフへと準備していた魔法を放った。

「――ファイヤーボール！」

朝倉から飛んでいったファイヤーボールは、動けないでいるグレイウルフに見事命中し、ダメージを与える。

そして同時に、魔法を食らわなかった二体へと天堂と東雲が再接近し、その首を落とした。

魔法を食らった一体も、怯んでいる隙に最上が殴り、無事に倒せたのだった。

戦闘が終わり、全員が息を整えるのを見計《みはか》らって、グリファスとマルベルが声をかける。

「よくやった。初めてにしては見事としか言いようがない」

「グリファスの言う通りです。それに連携《れんけい》もよかったですね。だけどもっと周りを見た動きをしないと、自分や仲間に怪我を負《お》わせることになるから注意しましょう」

「「「「はい！」」」」

天堂たちは揃って返事をする。

そしてダンジョン踏破を目指して、意気揚々《いきようよう》と進んでいくのだった。


勇者たちがダンジョン攻略を開始して一週間。

ついに天堂のパーティが、グリファスとマルベルの見守る中、第十五層にあるボス部屋の前まで一番乗りで到着した。

「ここがボス部屋か」

「そうみたいだね……そうだ、入る前にステータスを確認しよう」

最上の言葉に頷いた天堂は、戦力確認のためにステータスのチェックを提案して、さっそく自分のステータスを表示させる。

この一週間、王都とダンジョンを往復《おうふく》し続けたお陰で、天堂たちのステータスは劇的《げきてき》に上がっていた。

名前　：天堂光司
レベル：43
年齢　：17
種族　：人間（異世界人）
ギフト：聖剣使い
（全ての聖剣を扱えるようになる。剣術、光魔法のレベルが上がりやすくなる）
スキル：剣術Lv5　火魔法Lv3　水魔法Lv3　風魔法Lv3　地魔法Lv3　光魔法Lv4
成長　気配察知　縮地Lv1　身体強化Lv4　鑑定　言語理解
称号　：異世界人　勇者　聖剣使い

それに続くようにして、他の四人もステータスを表示させていく。

名前　：一ノ宮鈴乃
レベル：38

年齢：17
種族：人間（異世界人）
ギフト：聖なる者
（神聖魔法を獲得。光魔法、回復魔法のレベルが上がりやすくなる）
スキル：光魔法Lv４　回復魔法Lv５　神聖魔法Lv４　身体強化Lv３
鑑定　言語理解
称号：異世界人、勇者

名前：最上慎弥
レベル：39
年齢：17
種族：人間（異世界人）
ギフト：金剛力《こんごうりき》
（怪力を獲得。格闘術、身体強化のレベルが上がりやすくなる）
スキル：格闘術Lv５　地魔法Lv４　怪力Lv４　身体強化Lv５　強靭Lv２
鑑定　言語理解
称号：異世界人、勇者

名前：東雲葵
レベル：40
年齢：17
種族：人間（異世界人）
ギフト：断《た》ち切る者
（剣や刀を扱うスキルが取得しやすくなり、そのレベルも上がりやすくなる）
スキル：剣術Lv5　刀術Lv5　風魔法Lv3　雷魔法Lv3　身体強化Lv4
抜刀術Lv4　縮地Lv1　飛斬《ひざん》Lv2　気配察知　鑑定　言語理解
称号：異世界人、勇者

名前：朝倉夏姫
レベル：38
年齢：17
種族：人間（異世界人）
ギフト：自然の寵愛《ちょうあい》
（火、風、土、水魔法のレベルが少しだけ上がりやすくなる）

スキル：火魔法Lv4　風魔法Lv4　土魔法Lv4　水魔法Lv4　身体強化Lv3
鑑定　言語理解
称号　：異世界人、勇者

それぞれ、ギフトの効果で得意とするスキルのレベルが伸びている。

また天堂は成長スキルのお陰もあって、他の面々よりもレベルが高くなっていた。

……もっとも、天堂以外の面々のレベルが低いというわけではなく、一週間でこのレベルに達しているのは十分異常ではあるのだが。

お互いのステータスを確認した天堂たちは、陣形《じんけい》を整えてから、ボス部屋の扉に手をかける。

ゴゴゴッという重い音を立てて開いた扉の奥では、待ち構えるようにして魔物が立っていた。

そこにいたのは、ミノタウロス。

牛の頭に人間の体を持つ、半牛半人の魔物だ。

身長三メートルを超す巨体に、自身の背丈と同じほどの大きな戦斧を携えている。

天堂たちはすかさず鑑定を行い、敵の戦力を確認する。

名前　：ミノタウロス
レベル：41
スキル：斧術Lv5　雷魔法Lv3　身体強化Lv2　怪力Lv4
称号　：迷路のボス

「スキルが多いけどレベルはそこまで高くないし、俺らだったら余裕っしょ！」

そう明るく言う最上に、勇者一行の後ろにいたグリファスが声を上げる。

「油断すると危ないぞ。そいつはデカいだけじゃなくて――」

「グリファス！　これは天堂様たちの試験でもあるのですよ？　口出しは無用です」

珍しく厳しい口調で、マルベルがグリファスを止めた。

「む、そうだな。すまないマルベル……皆、油断はするなよ」

グリファスは頭を掻きながらそう言って、マルベルと共に部屋の隅《すみ》へ移動して観戦モードに入った。

天堂たちはグリファスのアドバイスに従って、油断せずに武器を構える。

そして、ミノタウロスとの戦闘が始まった。

最初に攻撃を仕掛けたのは、パーティの後衛役である、一ノ宮と朝倉だった。

「ライトアロー！」

「ファイヤーアロー！」

二人はそれぞれ、光属性と火属性の下級魔法を発動した。

二人が放った魔法はミノタウロスの顔面へと吸い込まれていくが、薙ぎ払われた戦斧によってあっさりとかき消される。

その隙を突いて、天堂と最上がミノタウロスへと迫っていた。

天堂が振るった聖剣は、戦斧の柄《え》で受け止められる。

しかし最上がミノタウロスの懐に潜り込み、強い踏み込みと共に右拳を脇腹に突き入れた。

ドンッという大きく鈍い音が部屋に響き渡り、ミノタウロスの「モーッ！」という悲鳴が上がる。

そして思わず一歩後退したミノタウロスの背中に、四人の攻撃を囮《おとり》にして回り込んでいた東雲が、飛斬のスキルを発動し、斬撃《ざんげき》を飛ばした。

斬撃はミノタウロスの背に命中するが、皮膚《ひふ》が固いのか、浅い傷がつくのみ。

ミノタウロスは怒りに満ちた声を上げると、背後へと大きく戦斧を振る。

「きゃッ！」

東雲は剣を立ててなんとかガードしたものの、勢いを止めることはできず、吹き飛ばされてしまった。

そのまま壁へと激突した東雲は、激痛《げきつう》に膝を突いてしまう。

「葵ちゃん⁉」

それに気が付いた一ノ宮はそちらに手の平を向け、回復魔法をかける。

「……ヒール！」

東雲の体が淡く光ると共に、彼女を襲っていた激痛が消えていく。

「鈴乃、ありがとう！　さっきは油断したけど、もう大丈夫！」

東雲は立ち上がりながらそう叫んで、天堂と最上の元に戻る。

東雲が再合流した前衛組は、再び三人で固まって構えをとり、ミノタウロスと対峙した。

お互いに警戒して睨み合う時間が少し続いたところで、軽く振り向いた天堂が、後衛の一ノ宮と朝倉と目を合わせて頷く。

天堂は視線をミノタウロスに戻し、大袈裟《おおげさ》に武器を構えなおす。ミノタウロスがそれに
つられて天堂へと注意を向けた瞬間——後衛二人の攻撃魔法がミノタウロスの顔面に直撃した。

混乱しながらも、反射的に戦斧を振り下ろすミノタウロス。

その先にいた東雲は冷静なまま、凛と声を響かせた。

「東雲流壱ノ太刀《しののめりゅういちのたち》——流刀《りゅうとう》」

手に持つ剣で戦斧の刃を受け流した東雲は、振り下ろした体勢で固まっているミノタウ

ロスの懐に潜り込み、逆袈裟《ぎゃくけさ》に切り上げる。

　柔らかい腹を切られたミノタウロスは、戦斧を手放して、一歩二歩と後退する。

　そしてそこに、背後に回っていた最上が魔法を唱えた。

「――アースボール！」

　その言葉と同時に、最上の目の前に、直径に十センチほどの土の球が出現する。

　そして最上は、パワーを上げるスキル『怪力』を発動して、その球を殴りつけた。

　すさまじい勢いで飛んでいった土の球は、先ほど東雲がつけた背中の傷に直撃し、ミノタウロスに苦悶の声を上げさせる。

「ライトアロー！」

「ファイヤーアロー！」

　そこへすかさず一ノ宮と朝倉の魔法が直撃し、ミノタウロスの動きを止めた。

「「「今だ（だよ）‼」」」

　その隙を見逃さず、東雲、最上、一ノ宮、朝倉が声を合わせる。

「――皆ありがとう！　ミスティルテイン、俺に力を！」

　四人に攻撃を任せて魔力を練《ね》っていた天堂は、手に持つ聖剣ミスティルテインに呼びかけ、ミノタウロスへと駆けだした。

　聖剣はそれに応えるようにして、輝きを増していく。

そしてその輝きが最高潮《さいこうちょう》に達した瞬間、ミノタウロスに肉薄した天堂が叫んだ。

「セイクリッドジャッジメント！」

上級神聖魔法を乗せて振るわれた聖剣はミノタウロスを容易《たやす》く切り裂き、魔法の効果によってその巨体を消滅させた。

一瞬の静寂《せいじゃく》ののち、天堂たち五人が同時に歓声を上げた。

「「「「「やったー‼」」」」」

大はしゃぎする彼らに、グリファスとマルベルが拍手しながら言う。

「お前たち、よくやったな。かなりいいチームワークだったぞ」

「ダンジョン踏破、おめでとうございます。素晴らしい連携でした……中でも最後の一撃は見事でしたね」

そんな言葉に、天堂は照れながら頬を掻く。

「ありがとうございます。でも、まだまだ使いこなせていないので、もっと精進《しょうじん》しようと思います」

「謙虚《けんきょ》なのはいいことだが、今日はもっと喜んでいいんだぞ？　そうだな、せっかくだから王都で飯を奢ってやろう！」

グリファスがニッと笑ってそう言うと、勇者一行はますます大喜びするのだった。

天堂たちがダンジョン踏破を成《な》し遂《と》げてから一週間。

当初の期限として提示されていた二週間が経つ前には、全パーティがダンジョン踏破を達成していた。

ダンジョンを踏破した勇者たちは、訓練場で訓練をしたりダンジョンに潜ったりと、それぞれのパーティごとに実力をつけていた。

中でも天堂のパーティは成長著《いちじる》しく、ボスモンスターを個人で倒せるほどの成長を遂げていた。

そして前回の呼び出しから二週間、勇者たちは再び謁見の間に集まっていた。

「王様、お呼びでしょうか？」

謁見の間で膝を突く勇者たちを代表して、天堂が王に問いかける。

「うむ。まずはダンジョン踏破、ご苦労だった。全員が無事に踏破したと聞き、安心したぞ……それで今日呼び出した理由だが、そなたらには魔王を倒しに行く前に、旅に出てもらいたいのだ」

そこで一度言葉を区切り、国王は話を続ける。

「旅の期間は明後日から三ヵ月。各パーティごとに、自由に旅をしてくれて構わない。三ヵ月後に戻ってきたら、魔王討伐に向かってもらう予定だ……各地には、勇者が立ち寄るかもしれないと伝えてある。この勇者の証を見せれば身分証の代わりになるはずだ」

国王はそう言うと、近衛兵に命じて王家の紋章が入ったペンダントのようなものを勇者たちに配らせる。

その間、天堂はずっと気になっていたことを国王に尋ねた。

「王様、よろしいでしょうか？」

「む？　なんじゃ？」

「はい。話は変わるのですが、晴人君が倒れていた場所は分かりますでしょうか？」

質問を受けて、国王は一瞬だけ怪訝《けげん》な顔をして答える。

「ふむ。王都の近郊、ワークスの街へと向かう途中の森の入り口近くで見つかったそうだが……どうしてそれを？」

「ありがとうございます。それでは私たちのパーティは、まずワークスを目指そうと思います。晴人君が誰かに助けられているかもしれませんし、手掛かりを探したいのです」

国王は複雑そうな表情を浮かべたが、すぐに神妙《しんみょう》な顔になって口を開く。

「……そうか。無事に手掛かりが見つかることを祈っておるよ」

その言葉に天堂が「ありがとうございます」と頭を下げたところで、勇者の証の配布が終わり、勇者たちは謁見の間を出ていくのだった。

謁見の間に残された国王は、誰にともなく呼びかける。

「おい」

次の瞬間、国王の背後に人影が現れた。

「はっ！　ここに」

「奴は本当に死んでいるのだろうな？」

「はい。騎士たちが戻ってきた後、再び確認に行きましたが、血だまりが残っているだけでした。大型の魔物の足跡《あしあと》もあったため、死体すら残さず食われたのでしょう」

「そうか。ならいいのだが……念のため、テンドウ殿のパーティを監視《かんし》しておけ」

「はっ」

そう答えると、人影は溶《と》けるように消えていくのだった。

謁見の間を退出した天堂たちのパーティは、天堂の部屋に集まっていた。

「そんじゃ、とりあえずはワークスを目指して、結城を探すってことでいいんだな」

「うん。もし晴人君が誰かに助けられているとしたら、ワークスにいる可能性が高いからね」

最上の言葉にそう頷いた天堂へ、一ノ宮が不思議そうに聞く。

「……光司君。なんでそこまで、晴人君のことを？」

同じことを思っていたのだろう、東雲と朝倉、最上も天堂をじっと見つめる。

四人に注目されて少し居心地が悪そうにしながら、天堂ははっきりと答えた。

「そうだね。まずは前も言ったけど、僕は彼が生きている可能性があると考えている。それに、魔王を倒しても、全員で帰らないと意味がないと思う。だから自分の目で、真偽《しんぎ》を確かめたいんだ……それに、鈴乃が相当気にしてたみたいだからね」

天堂がふっと微笑を浮かべると、一ノ宮は晴人に抱いている恋心を見抜かれたような気がして、顔を真っ赤にしてしまう。

「そ、そうなんだ……ありがとね」

そんな様子を、東雲と朝倉は微笑ましく見つめ、そういった色恋沙汰《いろこいざた》に疎《うと》い最上だけは、きょとんとしていた。


国王に呼び出された翌々日、勇者たちは王城の門近くに集まっていた。

「皆さんお世話になりました。俺たちは更に強くなって戻ってきますね！」

天堂が代表して、見送りに来たグリファスにマルベル、騎士団員や宮廷魔法師たちに挨拶をする。

ここからは各パーティごとでの行動になるため、三ヵ月後にまた会うことを約束して、勇者たちはバラバラに王城を離れていった。

それから天堂たちは予定通り、晴人が倒れていたという森へと向かう。

しかし天堂たちが召喚されてから一ヵ月以上経っている現在、何か手掛かりになりそうなものどころか、どこで晴人が倒れていたかも分からなくなってしまっていた。

「……予想はしていたけど、やっぱり証拠になりそうなものはない、か」

天堂の言葉に、一ノ宮が肩を落とす。

「一ヵ月も経ってるんだし、しょうがないって！　ほら、早くワークスに向かおうよ！　結城君がいるかもしれないいんでしょ？」

「そうだな！　まったく結城の奴め、こんなに俺たちに心配かけさせやがって……ちゃんと謝ってもらわないとな！」

暗い表情の一ノ宮を励《はげ》ますように朝倉が明るく言うと、最上もふざけた調子で乗ってくる。

一ノ宮は二人の気遣《きづか》いが嬉しくて、少しだけ気持ちが軽くなるのだった。

――それから森を歩くこと二時間。

天堂が唐突に口を開いた。

「なにか聞こえないか？」

そう言われて四人は耳を澄ませるが、辺りは静かなままだ。

「何も聞こえないよ？」

「だよな。光司の気のせいじゃないのか？」

「いや、確かに向こうから聞こえた気がしたんだ」

朝倉と最上がそう言うが、天堂はある方角に指を向ける。

彼が指さしているのは、ワークスの街がある方角だ。

そのことに気付いた東雲が、ハッとして口を開いた。

「……もしかしたら誰かが襲われているかもしれない」

彼女がそう言った瞬間、今度は全員の耳に、小さくもはっきりとした声が聞こえた。

「誰か！」

それが助けを求める声だということに気が付いた瞬間、天堂たちは走り出していた。

道から外れて森を抜け、声の元へと辿り着く天堂たち。

そこは少しだけ広い道になっていて、左手には馬車が二台止まっていた。

道端には商品が散らばっており、怪我をして座り込んでいる人もいる。

そして右手側には、馬車と怪我人を守るようにして魔物と戦う冒険者二人がいた。

四匹のグレイウルフが、隙を見て馬車に近付こうとしては、冒険者の男二人に阻《はば》まれている。

冒険者の方も、倒すために深追いすれば他の個体に横を抜かれるため、防戦一方になっていた。

「大丈夫ですか!?　今助けます！」

天堂がそう声を上げると、冒険者の二人はそちらを振り向かずに応える。

「誰だか知らねーが助かるぜ！」

「頼む、少し数が多くて苦戦しているんだ」

「分かりました！」

天堂たちは顔を合わせて頷くと、天堂、最上、東雲が魔物たちの方へ行き、一ノ宮と朝倉が負傷者《ふしょうしゃ》の手当てをするために馬車の方に向かった。

天堂たちが現れて数的に有利になったこともあり、あっさりとグレイウルフは倒された。

「助かったぜ。感謝する」

「本当に助かった。俺たち二人じゃあの数は厳しかった」

「いえ。そこまでのことはしていません」

冒険者の男二人が天堂たちに礼を言っていると、馬車の持ち主らしき商人も、馬車の近くにいた人たちと一緒に向かってくる。

「ありがとうございます。君たちのお陰で助かりました。商品は無事とはいきませんが、命があるだけでも十分です」

「人として当たり前のことをしただけです」

天堂がそう返すと、馬車の持ち主の商人が思い出したように口を開く。

「その言葉……以前兄を助けてくれたという少年と、全く同じ言葉ですね」

五人は「え?」と声を漏らす。

「ああ、申し遅れました。私は商人のガッスルといいます」

ガッスルが挨拶すると、天堂たちも先ほどのガッスルの発言を気にしながらも名乗る。

そして全員が自己紹介を終えたところで、天堂がガッスルに尋ねた。

「あの、さっき言っていた『同じ言葉』とは、どういうことですか? その少年というのは?」

「ああ、実は以前、兄がこの森で魔物に襲われたことがありまして――」

ガッスルは前置きして、兄から聞いたという話を語った。

一ヵ月と少し前、彼の兄、バッカスがこの森を通っている時、グレイウルフに襲われた。

護衛の冒険者は全員やられてしまい、兄と部下は死を覚悟した。

しかしその時、件《くだん》の人物が現れて魔物を蹴散らしたかと思うと、瀕死だった兄たちを回復させ、欠損した腕まで直してしまったという。

そして感謝する兄たちに、「人として当たり前のことをしただけだ」と言い放ったそうだ。

「あ、あの……その人の特徴と名前を聞いても?」

一ノ宮が恐る恐る尋ねる。

「ええ、黒髪黒目の少年で、『ハルト』という名前だそうですが……それがどうかしましたか？」

不思議そうにしながらガッスルが答えると、天堂たちは固まった。

特徴も名前も、自分たちが探している人物と一致したのだ。

驚きと喜びと疑問がごちゃ混ぜになって、しばらく誰も何も言えなかったのだが、持ち直した一ノ宮が鬼気迫《ききせま》る表情でガッスルに詰め寄る。

「あの、その人は今どこに⁉」

その様子にガッスルは引きながらも、素直に答える。

「あ、兄に聞いた話によると、助けてもらった翌日に、ワークスの街から国境の街ヴァーナまで護衛してもらったということです。その後はペルディス王国へ向かったと聞いた気がしますが……」

不確定なものではあるが、晴人が生きている可能性が高いという情報に、天堂たちは期待を膨《ふく》らませる。

そして、ヴァーナまでの足取りは確かなものだということで、ワークスを経由してヴァーナへと向かうことにした。

ワークスまでの道を、バッカスたちに同行することにした天堂一行。

道中、何度か出てきた魔物を倒しながら、天堂たちはとある疑問を持っていた。

晴人は自分が何の能力も持たないことを知った後、皆の足を引っ張らないように、独断《どくだん》で王城を出た。

だというのに、この森の魔物を倒した上に他人の部位欠損を治したという。

この森で遭遇する魔物は、天堂たちにしてみれば特に強敵ではないが、それでも決して弱くはない。それに晴人は、回復魔法も含めて属性魔法は使えなかったはずだ。

ガッスルによると一ヵ月と少し前の出来事らしいから、城を出て割とすぐの話である。

持っている情報と与えられた情報の齟齬《そご》について話し合う天堂たちだったが、結局はその『ハルト』という人物に会って聞くしかないという結論に至った。

そんな彼らを見て、ガッスルがふと口を開く。

「そういえば、皆さんはとてもお強いですが、冒険者なんですか？」

その言葉に、天堂たちは首を横に振って勇者の証であるペンダントを見せる。

「いえ、実は僕たちは勇者なんです」

「ああ、そういえば勇者様が現れたという話は聞いていましたが……天堂さんたちがそうだったんですね！　いやぁ、勇者様とご一緒できるなんて光栄です！」

そう言って嬉しそうにするガッスルに、天堂たちは照れながら頬を掻くのだった。

それから一時間もしないうちに、馬車はワークスの街に辿り着く。

商人用の門へと進むと、一行は門番に声をかけられた。

「商人証の提示を――ってガッスルさんじゃないですか。おかえりなさい……そちらの方は？」

「ああ、こちらの方たちは勇者様です」

ガッスルがそう言うと、天堂たちは勇者の証を掲げて見せる。

「そ、それは！」

それを見て、門番は固まってしまった。

「あの……？」

動かなくなってしまった門番に、天堂が不思議そうに声をかける。

「す、すみません！　つい昨日、その証を持つ者は勇者だから街への入場を許可するようにというお達しがあったばかりで、本物の勇者様を見るのは初めてだったもので……失礼いたしました、どうぞお入りください！」

初めて勇者を見て興奮する門番に苦笑しつつ、一行は街へと入っていった。

その日はガッスルが用意してくれた宿に泊まることにして、天堂たちは旅の初日の疲れを癒やす。

そして翌朝早くから、晴人だと思われる『ハルト』を追って、国境の街ヴァーナへと向かって出発するのだった。

あとがき

皆様、初めまして。もし、他レーベルで私の作品をご存知の方がいらっしゃればお久しぶりです。作者のWINGです。

本作『異世界召喚されたら無能と言われ追い出されました。』は、第一巻が二〇一九年五月に単行本として刊行され、全八巻に及ぶシリーズは、二〇二二年十月末に完結しました。

そしてこの度、なんと文庫版が出ることになりました。これもひとえに読者の皆様のおかげです。本当にありがとうございました！

当初は初めてのことばかりで、右も左も分かりませんでしたが、今では他レーベルから別の作品を出版したり、漫画原作に関わったりと、たくさんの経験をさせていただいております。趣味《しゅみ》から始まった作家業ですが、今の私にとってはとても楽しい時間です。

さて、本書はクラス召喚された主人公ハルトが、国を追放されて死にかけていたら神様からチートスキルをもらう――という異世界モノの作品の中でも、ごくありふれた展開の物語になります。主人公の男の子が冒険者として活躍し、可愛い女の子と出会ったり、お姫様のピンチを助けて仲良くなったりと内容も王道寄りです。

一巻ではハルトの非常識さ、破天荒《はてんこう》さが目立つように執筆を心掛けました。

見せ場としては、やはりハルトがヒロインを助けるシーンかな、と思っているのですが、皆様はお気に召《め》したシーンはございましたでしょうか？

私は「こういうキャラがいたら面白いよな」とか「こんなキャラがいたら可愛いよね」などと想像を膨らませながら書いています。

まだまだ序盤《じょばん》ではありますが、これからもっと個性豊かな人物が登場してくる予定ですので、是非、お気に入りのキャラを見つけていただければ幸いです。

そんな感じで私の趣味の話などもモリモリ語っていきたいところではありますが、この辺りで終わらせていただき、本作品に関わってくださった皆様に改めて謝辞《しゃじ》を捧《ささ》げます。

まずは単行本時の担当編集M様、良い作品にしようと様々なアドバイスをしてくださり、ありがとうございました！　また、イラストレーターのクロサワテツ先生。個性豊かな登場人物、素晴らしいカバーイラストや挿絵を描いていただき、本当に感謝いたします！

そのほか、本書の刊行にあたりご尽力いただいた多くの方々に、心よりお礼申し上げます。

それでは次回、文庫版の二巻で皆様とお会いできることを祈りつつ。

二〇二三年十月　WING

アルファライト文庫

この作品に対する皆様のご意見・ご感想をお待ちしております。

おハガキ・お手紙は以下の宛先にお送りください。

【宛先】

〒150-6008 東京都渋谷区恵比寿 4-20-3 恵比寿ガーデンプレイスタワー 8F
(株) アルファポリス　書籍感想係

メールフォームでのご意見・ご感想は右のＱＲコードから、
あるいは以下のワードで検索をかけてください。

アルファポリス　書籍の感想　検索

ご感想はこちらから

本書は、2019 年 5 月当社より単行本として
刊行されたものを文庫化したものです。

異世界《いせかい》召喚《しょうかん》されたら無能《むのう》と言《い》われ追《お》い出《だ》されました。 1

～この世界《せかい》は俺《おれ》にとってイージーモードでした～

WING（ういんぐ）

2023年 10月 31日初版発行

文庫編集－中野大樹／宮田可南子
編集長－太田鉄平
発行者－梶本雄介
発行所－株式会社アルファポリス
〒150-6008東京都渋谷区恵比寿4-20-3恵比寿ガーデンプレイスタワー8F
TEL 03-6277-1601（営業） 03-6277-1602（編集）
URL https://www.alphapolis.co.jp/
発売元－株式会社星雲社（共同出版社・流通責任出版社）
〒112-0005東京都文京区水道1-3-30
TEL 03-3868-3275
装丁・本文イラスト－クロサワテツ
文庫デザイン―AFTERGLOW
（レーベルフォーマットデザイン－ansyyqdesign）
印刷－中央精版印刷株式会社

価格はカバーに表示されてあります。

落丁乱丁の場合はアルファポリスまでご連絡ください。

送料は小社負担でお取り替えします。


ISBN978-4-434-32781-0 C0193